Der Räuberbräutigam

Der Räuberbräutigam

UND ANDERE MÄRCHEN
AUS DEM FINSTEREN WALD

Illustrationen
von
Jürgen Pankarz

WELTBILD

Herausgegeben
von
Günter Frorath

*Die Märchentexte wurden vom Herausgeber
behutsam heutiger Ausdrucksweise
und Rechtschreibung angeglichen.*

GEBRÜDER GRIMM

Jorinde und Joringel

Es war einmal ein altes Schloß mitten in einem großen, dicken Wald, darinnen wohnte eine alte Frau ganz allein, das war eine Zauberin. Am Tage machte sie sich zur Katze oder zur Nachteule, des Abends aber wurde sie wieder ordentlich wie ein Mensch gestaltet. Sie konnte das Wild und die Vögel herbeilocken, und dann schlachtete sie's, kochte und briet es. Wenn jemand auf hundert Schritte dem Schloß nahe kam, so mußte er stillestehen und konnte sich nicht von der Stelle bewegen, bis sie ihn lossprach: wenn aber eine keusche Jungfrau in diesen Kreis kam, so verwandelte sie dieselbe in einen Vogel und sperrte sie dann in einen Korb ein und trug den Korb in eine Kammer des Schlosses. Sie hatte wohl siebentausend solcher Körbe mit so raren Vögeln im Schlosse.

Nun war einmal eine Jungfrau, die hieß Jorinde: sie war schöner als alle andere Mädchen. Diese und dann ein gar schöner Jüngling, namens Joringel, hatten sich zusammen versprochen. Sie waren in den Brauttagen, und sie hatten ihr größtes Vergnügen eins am andern. Damit sie nun vertraut zusammen reden könnten, gingen sie in den Wald spazieren. ‹Hüte dich›, sagte Joringel, ‹daß du nicht so nahe ans Schloß kommst.› Es war ein schöner Abend, die Sonne schien zwischen den Stämmen der Bäume hell ins dunkle Grün des Waldes, und die Turteltaube sang kläglich auf den alten Maibuchen.

Jorinde weinte zuweilen, setzte sich hin im Sonnenschein und klagte; Joringel klagte auch. Sie waren so bestürzt, als wenn sie hätten sterben sollen: sie sahen sich um, waren irre und wußten nicht, wohin sie nach Hause gehen sollten. Noch halb stand die Sonne über dem Berg, und halb war sie unter. Joringel sah durchs Gebüsch und sah die alte Mauer des Schlosses nah bei sich; er erschrak und wurde todbang. Jorinde sang:

‹Mein Vöglein mit dem Ringlein rot
singt Leide, Leide, Leide:
Es singt dem Täubelein seinen Tod,
singt Leide, Lei - zicküth, zicküth, zicküth.›

Joringel sah nach Jorinde. Jorinde war in eine Nachtigall verwandelt, die sang: ‹Zicküth, zicküth.› Eine Nachteule mit glühenden Augen flog dreimal um sie herum und schrie dreimal: ‹Schu, hu, hu, hu.› Joringel konnte sich nicht regen: er stand da wie ein Stein, konnte nicht weinen, nicht reden, nicht Hand noch Fuß regen. Nun war die Sonne unter: die Eule flog in einen Strauch, und gleich darauf kam eine alte krumme Frau aus diesem hervor, gelb und mager: große rote Augen, krumme Nase, die mit der Spitze ans Kinn reichte. Sie murmelte, fing die Nachtigall und trug sie auf der Hand fort. Joringel konnte nichts sagen, nicht von der Stelle kommen; die Nachtigall war fort. Endlich kam das Weib wieder und sagte mit dumpfer Stimme: ‹Grüß dich, Zachiel, wenn's Möndel ins Körbel scheint, bind los, Zachiel, zu guter Stund.›

Da wurde Joringel los. Er fiel vor dem Weib auf die Knie und bat, sie möchte ihm seine Jorinde wiedergeben, aber sie sagte, er sollte sie nie wiederhaben, und ging fort. Er rief, er weinte, er jammerte, aber alles umsonst. ‹Uu, was soll mir geschehen?› Joringel ging fort und kam endlich in ein fremdes Dorf. Da hütete er die Schafe lange Zeit. Oft ging er rund um das Schloß herum, aber nicht zu nahe dabei. Endlich träumte er einmal des Nachts, er fände eine blutrote Blume, in deren Mitte ein schöne große Perle war. Die Blume brach er ab, ging damit zum Schlosse: alles, was er mit der Blume berührte, ward von der Zauberei frei; auch träumte er, er hätte seine Jorinde dadurch wiederbekommen. Des Morgens, als er erwachte, fing er an durch Berg und Tal zu suchen, ob er eine solche Blume fände: er suchte bis an den neunten Tag, da fand er die blutrote Blume am Morgen früh. In der Mitte war ein großer Tautropfen, so groß wie die schönste Perle. Diese Blume trug er Tag und Nacht bis zum Schloß. Wie er auf hundert Schritt nahe bis zum Schloß kam, da ward er nicht fest, sondern ging fort bis ans Tor. Joringel freute sich sehr, berührte die Pforte mit der Blume, und sie sprang auf. Er ging hinein, durch den Hof, horchte, wo er die vielen Vögel vernähme: endlich hörte er's. Er ging und fand den Saal, darin war die Zauberin und fütterte die Vögel in den siebentausend Körben. Wie sie den Joringel sah, ward sie bös, sehr bös, schalt, spie Gift und Galle gegen ihn aus, aber sie konnte auf zwei Schritte nicht an ihn kommen. Er kehrte sich nicht an sie und ging, besah die Körbe mit den Vögeln; da waren aber viele hundert Nachtigallen, wie sollte er nun seine Jorinde wiederfinden? Indem er so zusah, merkte er, daß die Alte heimlich ein Körbchen mit einem Vogel wegnahm und damit nach der Türe ging. Flugs sprang er hinzu, berührte das Körbchen mit der Blume und auch das alte Weib. Nun konnte sie nichts mehr zaubern, und Jorinde stand da, hatte ihn um den Hals gefaßt, so schön, wie sie ehemals war. Da machte er auch alle die andern Vögel wieder zu Jungfrauen, und da ging er mit seiner Jorinde nach Hause, und sie lebten lange vergnügt zusammen.

Gebrüder Grimm
Rotkäppchen

Es war einmal ein kleines süßes Mädchen, das hatte jedermann lieb, der es nur ansah, am allerliebsten aber seine Großmutter, die wußte gar nicht, was sie alles dem Kinde geben sollte. Einmal schenkte sie ihm ein Käppchen von rotem Sammet, und weil ihm das so wohl stand, und es nichts anders mehr tragen wollte, hieß es nur das Rotkäppchen. Eines Tages sprach seine Mutter zu ihm: ‹Komm, Rotkäppchen, da hast du ein Stück Kuchen und eine Flasche Wein, bring das der Großmutter hinaus; sie ist krank und schwach und wird sich daran laben. Mach dich auf, bevor es heiß wird, und wenn du hinauskommst, so geh hübsch sittsam und lauf nicht vom Weg ab: sonst fällst du und zerbrichst das Glas, und die Großmutter hat nichts. Und wenn du in ihre Stube kommst, so vergiß nicht, guten Morgen zu sagen, und guck nicht erst in allen Ecken herum.›

‹Ich will schon alles gut machen›, sagte Rotkäppchen zur Mutter und gab ihr die Hand darauf. Die Großmutter aber wohnte draußen im Wald, eine halbe Stunde vom Dorf. Wie nun Rotkäppchen in den Wald kam, begegnete ihm der Wolf. Rotkäppchen aber wußte nicht, was das für ein böses Tier war, und fürchtete sich nicht vor ihm. ‹Guten Tag, Rotkäppchen›, sprach er. ‹Schönen Dank, Wolf.› – ‹Wo hinaus so früh, Rotkäppchen?› – ‹Zur Großmutter.›- ‹Was trägst du unter der Schürze?› – ‹Kuchen und Wein: gestern haben wir gebacken; da soll sich die kranke und schwache Großmutter etwas zu gut tun und sich damit stärken.› – ‹Rotkäppchen, wo wohnt deine Großmutter?› – ‹Noch eine gute Viertelstunde weiter im Wald, unter den drei großen Eichbäumen, da steht ihr Haus, unten sind die Nußhecken, das wirst du ja wissen›, sagte Rotkäppchen. Der Wolf dachte bei sich: ‹Das junge zarte Ding, das ist ein fetter Bissen, der wird noch besser schmecken als die Alte: du mußt es listig anfangen, damit du beide erschnappst.› Da ging er ein Weilchen neben Rotkäppchen her; dann sprach er: ‹Rotkäppchen sieh einmal die schönen Blumen, die rings umherstehen, warum guckst du dich nicht um? Ich glaube, du hörst gar nicht, wie die Vöglein so lieblich singen? Du gehst ja für dich hin, als wenn du zur Schule gingst, und es ist so lustig hier draußen in dem Wald.›

Rotkäppchen schlug die Augen auf, und als es sah, wie die Sonnenstrahlen durch die Bäume hin und her tanzten, und alles voll schöner Blumen stand, dachte es: ‹Wenn ich der Großmutter einen frischen Strauß mitbringe, der wird ihr auch Freude machen; es ist so früh am Tag, daß ich doch zur rechten Zeit ankomme›, lief vom Wege ab in den Wald hinein und suchte Blumen. Und wenn es eine gebrochen hatte, meinte es, weiter hinaus stände eine schönere, und lief darnach und geriet immer tiefer in den Wald hinein. Der Wolf aber ging geradewegs nach dem Haus der Großmutter und klopfte an die Türe. ‹Wer ist draußen?› – ‹Rotkäppchen, das bringt Kuchen und Wein, mach auf.› – ‹Drück nur auf die Klinke›, rief die Großmutter, ‹ich bin zu schwach und kann nicht aufstehen.›Der Wolf drückte auf die Klinke, die Türe sprang auf, und er ging, ohne ein Wort zu sprechen, gerade zum Bett der Großmutter und verschluckte sie. Dann tat er ihre Kleider an, setzte ihre Haube auf, legte sich in ihr Bett und zog die Vorhänge vor.

Rotkäppchen aber war nach den Blumen herumgelaufen, und als es so viel zusammen hatte, daß es keine mehr tragen konnte, fiel ihm die Großmutter wieder ein, und es machte sich auf den Weg zu ihr. Es wunderte sich, daß die Türe aufstand, und wie es in die Stube trat, so kam es ihm so seltsam darin vor, daß es dachte: ‹Ei, du mein Gott, wie ängstlich wird mir's heute zu Mut, und bin doch sonst so gerne bei der Großmutter!› – Es rief: ‹Guten Morgen›, bekam aber keine Antwort. Darauf ging es zum Bett und zog die Vorhänge zurück: da lag die Großmutter und hatte die Haube tief ins Gesicht gesetzt und sah so wunderlich aus. ‹Ei, Großmutter, was hast du für große Ohren!› – ‹Daß ich dich besser hören kann.› – ‹Ei, Großmutter, was hast du für große Augen!› – ‹Daß ich dich besser sehen kann.› – ‹Ei, Großmutter, was hast du für große Hände!› – ‹Daß ich dich besser packen kann.› – ‹Aber, Großmutter, was hast du für ein entsetzlich großes Maul!› – ‹Daß ich dich besser fressen kann.› – Kaum hatte der Wolf das gesagt, so tat er einen Satz aus dem Bette und verschlang das arme Rotkäppchen.

Wie der Wolf seinen Hunger gestillt hatte, legte er sich wieder ins Bett, schlief ein und fing an überlaut zu schnarchen. Der Jäger ging eben an dem Haus vorbei und dachte: ‹Wie die alte Frau schnarcht, du mußt doch sehen, ob ihr etwas fehlt.› Da trat er in die Stube, und wie er vor das Bette kam, so sah er, daß der Wolf darin lag. ‹Finde ich dich hier, du alter Sünder›, sagte er, ‹ich habe dich lange gesucht.› Nun wollte er seine Büchse anlegen, da fiel ihm ein, der Wolf könnte die Großmutter gefressen haben, und sie wäre noch zu retten: schoß nicht, sondern nahm eine Schere und fing an, dem schlafenden Wolf den Bauch aufzuschneiden. Wie er ein paar

Schnitte getan hatte, da sah er das rote Käppchen leuchten, und noch ein paar Schnitte, da sprang das Mädel heraus und rief: ‹Ach, wie war ich erschrocken, wie war's so dunkel in dem Wolf seinem Leib!› Und dann kam die alte Großmutter auch noch lebendig heraus und konnte kaum atmen. Rotkäppchen aber holte geschwind große Steine, damit füllten sie dem Wolf den Leib, und wie er aufwachte, wollte er fortspringen, aber die Steine waren so schwer, daß er gleich niedersank und sich tot fiel.

Da waren alle drei vergnügt; der Jäger zog dem Wolf den Pelz ab und ging damit heim, die Großmutter aß den Kuchen und trank den Wein, den Rotkäppchen gebracht hatte, und erholte sich wieder, Rotkäppchen aber dachte: ‹Du willst dein Lebtag nicht wieder allein vom Wege ab in den Wald laufen, wenn dir's die Mutter verboten hat.›

Es wird auch erzählt, daß einmal, als Rotkäppchen der alten Großmutter wieder Gebackenes brachte, ein anderer Wolf ihm zugesprochen und es vom Wege habe ableiten wollen. Rotkäppchen aber hütete sich und ging gerade fort seines Wegs und sagte der Großmutter, daß es dem Wolf begegnet wäre, der ihm guten Tag gewünscht, aber so bös aus den Augen geguckt hätte: ‹Wenn's nicht auf offner Straße gewesen wäre, er hätte mich gefressen.› - ‹Komm›, sagte die Großmutter, ‹wir wollen die Türe verschließen, daß er nicht herein kann.› Bald darnach klopfte der Wolf an und rief: ‹Mach auf, Großmutter, ich bin das Rotkäppchen, ich bring' dir Gebackenes.› Sie schwiegen aber still und machten die Türe nicht auf. Da schlich der Graukopf etlichemal um das Haus, sprang endlich aufs Dach und wollte warten, bis Rotkäppchen abends nach Haus ginge; dann wollte er ihm nachschleichen und wollt's in der Dunkelheit fressen. Aber die Großmutter merkte, was er im Sinn hatte. Nun stand vor dem Haus ein großer Steintrog, da sprach sie zu dem Kind: ‹Nimm den Eimer, Rotkäppchen, gestern hab' ich Würste gekocht, da trag das Wasser, worin sie gekocht sind, in den Trog.› Rotkäppchen trug so lange, bis der große, große Trog ganz voll war. Da stieg der Geruch von den Würsten dem Wolf in die Nase, er schnupperte und guckte hinab, endlich machte er den Hals so lang, daß er sich nicht mehr halten konnte und anfing zu rutschen: so rutschte er vom Dach herab, gerade in den großen Trog hinein, und ertrank. Rotkäppchen aber ging fröhlich nach Haus, und tat ihm niemand etwas zuleid.

Gebrüder Grimm

Der starke Hans

Es war einmal ein Mann und eine Frau, die hatten nur ein einziges Kind und lebten in einem abseits gelegenen Tale ganz allein. Es trug sich zu, daß die Mutter einmal ins Holz ging, Tannenreiser zu lesen, und den kleinen Hans, der erst zwei Jahre alt war, mitnahm. Da es gerade in der Frühlingszeit war, und das Kind seine Freude an den bunten Blumen hatte, so ging sie immer weiter mit ihm in den Wald hinein. Plötzlich sprangen aus dem Gebüsch zwei Räuber hervor, packten die Mutter und das Kind und führten sie tief in den schwarzen Wald, wo jahraus, jahrein kein Mensch hinkam. Die arme Frau bat die Räuber inständig, sie mit ihrem Kinde freizulassen, aber das Herz der Räuber war von Stein: sie hörten nicht auf ihr Bitten und Flehen und trieben sie mit Gewalt an, weiterzugehen. Nachdem sie etwa zwei Stunden durch Stauden und Dornen sich hatten durcharbeiten müssen, kamen sie zu einem Felsen, wo eine Türe war, an welche die Räuber klopften und die sich alsbald öffnete. Sie mußten durch einen langen dunklen Gang und kamen endlich in eine große Höhle, die von einem Feuer, das auf dem

Herd brannte, erleuchtet war. An der Wand hingen Schwerter, Säbel und andere Mordgewehre, die in dem Lichte blinkten, und in der Mitte stand ein schwarzer Tisch, an dem vier andere Räuber saßen und spielten, und obenan saß der Hauptmann. Dieser kam, als er die Frau sah, herbei, redete sie an und sagte, sie sollte nur ruhig und ohne Angst sein, sie täten ihr nichts zuleid, aber sie müßte das Hauswesen besorgen, und wenn sie alles in Ordnung hielte, so sollte sie es nicht schlimm bei ihnen haben. Darauf gaben sie ihr etwas zu essen und zeigten ihr ein Bett, wo sie mit ihrem Kinde schlafen könnte.

Die Frau blieb viele Jahre bei den Räubern, und Hans ward groß und stark. Die Mutter erzählte ihm Geschichten und lehrte ihn in einem alten Ritterbuch, das sie in der Höhle fand, lesen. Als Hans neun Jahre alt war, machte er sich aus einem Tannenast einen starken Knüttel und versteckte ihn hinter dem Bett; dann ging er zu seiner Mutter und sprach: ‹Liebe Mutter, sage mir jetzt einmal, wer mein Vater ist, ich will und muß es wissen.› Die Mutter schwieg still und wollte es ihm nicht sagen, damit er nicht das Heimweh bekäme: sie wußte auch, daß die gottlosen Räuber den Hans doch nicht fortlassen würden; aber es hätte ihr fast das Herz zersprengt, daß Hans nicht sollte zu seinem Vater kommen. In der Nacht, als die Räuber von ihrem Raubzug heimkehrten, holte Hans seinen Knüttel hervor, stellte sich vor den Hauptmann und sagte: ‹Jetzt will ich wissen, wer mein Vater ist, und wenn du mir's nicht gleich sagst, so schlag' ich dich nieder.› Da lachte der Hauptmann und gab dem Hans eine Ohrfeige, daß er unter den Tisch kugelte. Hans machte sich wieder auf, schwieg und dachte: ‹Ich will noch ein Jahr warten und es dann noch einmal versuchen, vielleicht geht's besser.› Als das Jahr herum war, holte er seinen Knüttel wieder hervor, wischte den Staub ab, betrachtete ihn und sprach: ‹Es ist ein tüchtiger, wackerer

Knüttel.› Nachts kamen die Räuber heim, tranken Wein, einen Krug nach dem anderen, und fingen an, die Köpfe hängen zu lassen. Da holte der Hans seinen Knüttel herbei, stellte sich wieder vor den Hauptmann und fragte ihn, wer sein Vater wäre. Der Hauptmann gab ihm abermals eine so kräftige Ohrfeige, daß Hans unter den Tisch rollte, aber es dauerte nicht lange, so war er wieder oben und schlug mit seinem Knüttel auf den Hauptmann und die Räuber, daß sie Arme und Beine nicht mehr regen konnten. Die Mutter stand in einer Ecke und war voll Verwunderung über seine Tapferkeit und Stärke. Als Hans mit seiner Arbeit fertig war, ging er zu seiner Mutter und sagte: ‹Jetzt ist mir's Ernst gewesen, aber jetzt muß ich auch wissen, wer mein Vater ist.› ‹Lieber Hans›, antwortete die Mutter, ‹komm, wir wollen gehen und ihn suchen, bis wir ihn finden.› Sie nahm dem Hauptmann den Schlüssel zu der Eingangstüre ab, und Hans holte einen großen Mehlsack, packte Gold, Silber, und was er sonst noch für schöne Sachen fand, zusammen, bis er voll war, und nahm ihn dann auf den Rücken. Sie verließen die Höhle, aber was tat Hans die Augen auf, als er aus der Finsternis heraus in das Tageslicht kam und den grünen Wald, die Blumen und Vögel und die Morgensonne am Himmel erblickte. Er stand da und staunte alles an, als wenn er nicht recht gescheit wäre. Die Mutter suchte den Weg nach Haus, und als sie ein paar Stunden gegangen waren, so kamen sie glücklich in ihr einsames Tal und zu ihrem Häuschen. Der Vater saß unter der Türe, er weinte vor Freude, als er seine Frau erkannte und hörte, daß Hans sein Sohn war, die er beide längst für tot gehalten hatte. Aber Hans, obgleich erst zwölf Jahr alt, war doch einen Kopf größer als sein Vater. Sie gingen zusammen in das Stübchen, aber kaum hatte Hans seinen Sack auf die Ofenbank gesetzt, so fing das ganze Haus an zu krachen, die Bank brach ein und dann auch der Fußboden, und der schwere

Sack sank in den Keller hinab. ‹Gott behüte uns›, rief der Vater, ‹was ist das? Jetzt hast du unser Häuschen zerbrochen.› ‹Laßt Euch keine grauen Haare darüber wachsen, lieber Vater›, antwortete Hans, ‹da in dem Sack steckt mehr, als für ein neues Haus nötig ist.› Der Vater und Hans fingen auch gleich an, ein neues Haus zu bauen, Vieh zu erhandeln und Land zu kaufen und zu wirtschaften. Hans ackerte die Felder, und wenn er hinter dem Pflug ging und ihn in die Erde hineinschob, so hatten die Stiere fast nicht nötig zu ziehen. Den nächsten Frühling sagte Hans: ‹Vater, behaltet alles Geld und laßt mir einen zentnerschweren Spazierstab machen, damit ich in die Fremde gehen kann.› Als der verlangte Stab fertig war, verließ er seines Vaters Haus, zog fort und kam in einen tiefen und finstern Wald. Da hörte er etwas knistern und knastern, schaute um sich und sah eine Tanne, die von unten bis oben wie ein Seil gewunden war; und wie er die Augen in die Höhe richtete, so erblickte er einen großen Kerl, der den Baum gepackt hatte und ihn wie eine Weidenrute umdrehte. ‹He!› rief Hans, ‹was machst du da droben?› Der Kerl antwortete: ‹Ich will mir ein Seil drehen.› ‹Das laß ich mir gefallen›, dachte Hans, ‹der hat Kräfte›, und rief ihm zu: ‹Laß du das gut sein und komm mit mir.› Der Kerl kletterte von oben herab und war einen ganzen Kopf größer als Hans, und der war doch auch nicht klein. ‹Du heißest jetzt Tannendreher›, sagte Hans zu ihm. Sie gingen darauf weiter und hörten etwas klopfen und hämmern, so stark, daß bei jedem Schlag der Erdboden zitterte. Bald darauf kamen sie zu einem mächtigen Felsen, vor dem stand ein Riese und schlug mit der Faust große Stücke davon ab. Als Hans fragte, was er da vorhätte, antwortete er: ‹Wenn ich nachts schlafen will, so kommen Bären, Wölfe und anderes Ungeziefer der Art, die schnuppern und schnuffeln an mir herum und lassen mich nicht schlafen, da will ich mir ein Haus bauen und mich hineinlegen, damit ich Ruhe habe.› ‹Ei jawohl›, dachte Hans, ‹den kannst du auch noch brauchen›, und sprach zu ihm: ‹Laß das Hausbauen gutsein und geh mit mir, du sollst der Felsenklipperer heißen.› Er willigte ein, und sie strichen alle drei durch den Wald hin, und wo sie hinkamen, da wurden die wilden Tiere aufgeschreckt und liefen vor ihnen weg. Abends kamen sie in ein altes verlassenes Schloß, stiegen hinauf und legten sich in den Saal schlafen. Am andern Morgen ging Hans hinab in den Garten, der war ganz verwildert und stand voll Dornen und Gebüsch. Und wie er so herumging, sprang ein Wildschwein auf ihn los: er gab ihm aber mit seinem Stab einen Schlag, daß es gleich niederfiel. Dann nahm er es auf die Schulter und brachte es hinauf; da steckten sie es an einen Spieß, machten sich einen Braten zurecht und waren guter Dinge. Nun verabredeten sie, daß jeden Tag der Reihe nach zwei auf die Jagd gehen sollten und einer daheim bleiben und kochen, für jeden neun Pfund Fleisch. Den ersten Tag blieb der Tannendreher daheim, und Hans und der Felsenklipperer gingen auf die Jagd. Als der Tannendreher beim Kochen beschäftigt war, kam ein kleines altes zusammengeschrumpeltes Männchen zu ihm auf das Schloß und forderte Fleisch. ‹Pack dich, Duckmäuser›, antwortete er, ‹du brauchst kein Fleisch.› Aber wie verwunderte sich der Tannendreher, als das kleine unscheinbare Männlein an ihm hinaufsprang und mit Fäusten so auf ihn losschlug, daß er sich nicht wehren konnte, zur Erde fiel und nach Atem schnappte. Das Männlein ging nicht eher fort, als bis es seinen Zorn völlig an ihm ausgelassen hatte. Als die zwei andern von der Jagd heimkamen, sagte ihnen der Tannendreher nichts von dem alten Männchen und den Schlägen, die er bekommen hatte, und dachte: ‹Wenn sie daheim bleiben, so können sie's auch einmal mit der kleinen Kratzbürste versuchen›, und der bloße Gedanke machte ihm schon Vergnügen. Den folgenden Tag blieb der Steinklipperer daheim, und dem ging es gerade so wie dem Tannendreher, er ward von dem Männlein übel zugerichtet, weil er ihm kein Fleisch hatte geben wollen. Als die andern abends nach Haus kamen, sah es ihm der Tannendreher wohl an, was er erfahren hatte, aber beide schwiegen still und dachten: ‹Der Hans muß auch von der Suppe kosten.› Der Hans, der den nächsten Tag daheim bleiben mußte, tat seine Arbeit in der Küche, wie sich's gebührte, und als er oben stand und den Kessel abschaumte, kam das Männchen und forderte ohne weiteres ein Stück Fleisch. Da dachte Hans: ‹Es ist ein armer Wicht, ich will ihm von meinem Anteil geben, damit die andern nicht zu kurz kommen›, und reichte ihm ein Stück Fleisch. Als es der Zwerg verzehrt hatte, verlangte er nochmals Fleisch, und der gutmütige Hans gab es ihm und sagte, da wäre noch ein schönes Stück, damit sollte er zufrieden sein. Der Zwerg forderte aber zum drittenmal. ‹Du wirst unverschämt›, sagte Hans und gab ihm nichts. Da wollte der boshafte Zwerg an ihm hinaufspringen und ihn wie den Tannendreher und Felsenklipperer behandeln, aber er kam an den Unrechten. Hans gab ihm, ohne sich anzustrengen, ein paar Hiebe, daß er die Schloßtreppe hinabsprang. Hans wollte ihm nachlaufen, fiel aber, so lang er war, über ihn hin. Als er sich wieder aufgerichtet hatte, war ihm der Zwerg voraus. Hans eilte ihm bis in

den Wald nach und sah, wie er in eine Felsenhöhle schlüpfte. Hans kehrte nun heim, hatte sich aber die Stelle gemerkt. Die beiden andern, als sie nach Haus kamen, wunderten sich, daß Hans so wohlauf war. Er erzählte ihnen, was sich zugetragen hatte, und da verschwiegen sie nicht länger, wie es ihnen ergangen war. Hans lachte und sagte: ‹Es ist euch ganz recht, warum seid ihr so geizig mit euerm Fleisch gewesen, aber es ist eine Schande, ihr seid so groß und habt euch von dem Zwerge Schläge geben lassen.› Sie nahmen darauf Korb und Seil und gingen alle drei zu der Felsenhöhle, in welche der Zwerg geschlüpft war, und ließen den Hans mit seinem Stab im Korb hinab. Als Hans auf dem Grund angelangt war, fand er eine Türe, und als er sie öffnete, saß da eine bildschöne Jungfrau, nein, so schön, daß es nicht zu sagen ist, und neben ihr saß der Zwerg und grinste den Hans an wie eine Meerkatze. Sie aber war mit Ketten gebunden und blickte ihn so traurig an, daß Hans großes Mitleid empfand und dachte: ‹Du mußt sie aus der Gewalt des bösen Zwerges erlösen›, und gab ihm einen Streich mit seinem Stab, daß er tot niedersank. Alsbald fielen die Ketten von der Jungfrau ab, und Hans war wie verzückt über ihre Schönheit. Sie erzählte ihm, sie wäre eine Königstochter, die ein wilder Graf aus ihrer Heimat geraubt und hier in den Felsen eingesperrt hätte, weil sie nichts von ihm hätte wissen wollen: den Zwerg aber hätte der Graf zum Wächter gesetzt, und er hätte ihr Leid und Drangsal genug angetan. Darauf setzte Hans die Jungfrau in den Korb und ließ sie hinaufziehen. Der Korb kam wieder herab, aber Hans traute den beiden Gesellen nicht und dachte: ‹Sie haben sich schon falsch gezeigt und dir nichts von dem Zwerg gesagt, wer weiß, was sie gegen dich im Schild führen.› Da legte er seinen Stab in den Korb, und das war sein Glück; denn als der Korb halb in der Höhe war, ließen sie ihn fallen, und hätte Hans wirklich darin gesessen, so wäre es sein Tod gewesen. Aber nun wußte er nicht, wie er sich aus der Tiefe herausarbeiten sollte, und wie er hin und her dachte, er fand keinen Rat. ‹Es ist doch traurig›, sagte er, ‹daß du da unten verschmachten sollst.› Und als er so auf und ab ging, kam er wieder zu dem Kämmerchen, wo die Jungfrau gesessen hatte, und sah, daß der Zwerg einen Ring am Finger hatte, der glänzte und schimmerte. Da zog er ihn ab und steckte ihn an, und als er ihn am Finger umdrehte, so hörte er plötzlich etwas über seinem Kopf rauschen. Er blickte in die Höhe und sah da Luftgeister schweben, die sagten, er wäre ihr Herr, und fragten, was sein Begehren wäre. Hans war anfangs ganz verstummt, dann aber sagte er, sie sollten ihn hinauftragen. Augenblicklich gehorchten sie, und es war nicht anders, als flöge er hinauf. Als er aber oben war, so war kein Mensch mehr zu sehen, und als er in das Schloß ging, so fand er auch dort niemand. Der Tannendreher und der Felsenklipperer waren fortgeeilt und hatten die schöne Jungfrau mitgeführt. Aber Hans drehte den Ring, da kamen die Luftgeister und sagten ihm, die zwei wären auf dem Meer. Hans lief und lief in einem fort, bis er zu dem Meeresstrand kam, da erblickte er weit, weit auf dem Wasser ein Schiffchen, in welchem seine treulosen Gefährten saßen. Und im heftigen Zorn sprang er, ohne sich zu besinnen, mitsamt seinem Stab ins Wasser und fing an zu schwimmen, aber der zentnerschwere Stab zog ihn tief hinab, daß er fast ertrunken wäre. Da drehte er noch zu rechter Zeit den Ring, alsbald kamen die Luftgeister und trugen ihn, so schnell wie der Blitz, in das Schiffchen. Da schwang er seinen Stab und gab den bösen Gesellen den verdienten Lohn und warf sie hinab ins Wasser; dann aber ruderte er mit der schönen Jungfrau, die in den größten Ängsten gewesen war und die er zum zweiten Male befreit hatte, heim zu ihrem Vater und ihrer Mutter und ward mit ihr verheiratet, und haben alle sich gewaltig gefreut.

1001 Nacht
Geschichte vom Jäger

Ein Jäger verfolgte einst Wild in einer gebirgigen Gegend. Da stieß er plötzlich auf eine Höhle, in die er sofort eintrat. Zu seinem Erstaunen erblickte er in derselben eine Grube, die voll Honig war. Er eilte, seinen Wasserschlauch damit zu füllen, und brachte ihn in die Stadt, um ihn zu verkaufen. Sein Jagdhund, der ihm sehr wert war, war bei ihm. Er trat zu einem Krämer ein und bot ihm den Honig an. Als sie über den Preis verhandelten, öffnete jener den Schlauch, um den Honig zu kosten. Da fielen einige Tropfen auf die Erde, auf welche sich sogleich Fliegen setzten, welche die Katze des Krämers eiligst wegzufangen suchte. In demselben Augenblicke stürzte sich der Hund des Jägers auf die Katze und biß sie tot. Darüber ergrimmt, ergriff der Krämer einen Stock und schlug den Hund tot. Der Jäger, dem sein Hund teurer als alles andere war, warf sich auf den Krämer; dieser verteidigte sich, und so entstand zwischen beiden ein Streit, der sich sehr in die Länge zog. Die Freunde des Jägers, der von einem Dorfe nahe der Stadt stammte, benachrichtigten die Dorfbewohner davon, und der Krämer, der ebenfalls aus einem Dorfe nahe der Stadt stammte, ließ desgleichen die Freunde in seinem Dorfe davon benachrichtigen. Die Bewohner beider Dörfer eilten ihren Freunden zu Hilfe, und so entstand ein mörderisches Gefecht, welches mit dem Tode vieler Leute endigte: und das alles wegen eines Tropfen Honigs.

Gebrüder Grimm
Der Räuberbräutigam

Es war einmal ein Müller, der hatte eine schöne Tochter, und als sie herangewachsen war, so wünschte er, sie wäre versorgt und gut verheiratet. Er dachte: ‹Kommt ein ordentlicher Freier und hält um sie an, so will ich sie ihm geben.› Nicht lange, so kam ein Freier, der schien sehr reich zu sein, und da der Müller nichts an ihm auszusetzen wußte, so versprach er ihm seine Tochter. Das Mädchen aber hatte ihn nicht so recht lieb, wie eine Braut ihren Bräutigam lieb haben soll, und hatte kein Vertrauen zu ihm: sooft sie ihn ansah oder an ihn dachte, fühlte sie ein Grauen in ihrem Herzen. Einmal sprach er zu ihr: ‹Du bist meine Braut und besuchst mich nicht einmal.› Das Mädchen antwortete: ‹Ich weiß nicht, wo Euer Haus ist.› Da sprach der Bräutigam: ‹Mein Haus ist draußen im dunkeln Wald.› Es suchte Ausreden und meinte, es könnte den Weg dahin nicht finden. Der Bräutigam sagte: ‹Nächsten Sonntag mußt du hinaus zu mir kommen, ich habe die Gäste schon eingeladen, und damit du den Weg durch den Wald findest, so will ich dir Asche streuen.› Als der Sonntag kam, und das Mädchen sich auf den Weg machen sollte, ward ihm so angst, es wußte selbst nicht recht warum, und damit es den Weg bezeichnen könnte, steckte es sich beide Taschen voll Erbsen und Linsen. An dem Eingang des Waldes war Asche gestreut, der ging es nach, warf aber bei jedem Schritt rechts und links ein paar Erbsen auf die Erde. Es ging fast den ganzen Tag, bis es mitten in den Wald kam, wo er am dunkelsten war; da stand ein einsames Haus, das gefiel ihm nicht; denn es sah so finster und unheimlich aus. Es trat hinein, aber es war niemand darin, und herrschte die größte Stille. Plötzlich rief eine Stimme:

‹Kehr um, kehr um, du junge Braut,
du bist in einem Mörderhaus.›

Das Mädchen blickte auf und sah, daß die Stimme von einem Vogel kam, der da in einem Bauer an der Wand hing. Nochmals rief er:

‹Kehr um, kehr um, du junge Braut,
du bist in einem Mörderhaus.›

Da ging die schöne Braut weiter aus einer Stube in die andere und ging durch das ganze Haus, aber es war alles leer und keine Menschenseele zu finden. Endlich kam sie auch in den Keller; da saß eine steinalte Frau, die wackelte mit dem Kopfe. ‹Könnt Ihr mir nicht sagen›, sprach das Mädchen, ‹ob mein Bräutigam hier wohnt?› - ‹Ach, du armes Kind›, antwortete die Alte, ‹wo bist du hingeraten! Du bist in einer Mördergrube. Du meinst, du wärst eine Braut, die bald Hochzeit macht, aber du wirst die Hochzeit mit dem Tode halten. Siehst du, da hab' ich einen großen Kessel mit Wasser aufsetzen müssen. Wenn sie dich in ihrer Gewalt haben, so zerhacken sie dich ohne Barmherzigkeit, kochen dich und essen dich; denn es sind Menschenfresser. Wenn ich nicht Mitleiden mit dir habe und dich rette, so bist du verloren.› Darauf führte es die Alte hinter ein großes Faß, wo man es nicht sehen konnte. ‹Sei wie ein Mäuschen still›, sagte sie, ‹rege dich nicht und bewege dich nicht, sonst ist's um dich geschehen! Nachts, wenn die Räuber schlafen, wollen wir entfliehen; ich habe schon lange auf eine Gelegenheit gewartet.› Kaum war das geschehen, so kam die gottlose Rotte nach Haus. Sie brachten eine andere Jungfrau mitgeschleppt, waren trunken und hörten nicht auf ihr Schreien und Jammern. Sie gaben ihr Wein zu trinken, drei Gläser voll, ein Glas weißen, ein Glas roten und ein Glas gelben: davon zersprang ihr das Herz. Darauf rissen sie ihr die feinen Kleider ab, legten sie auf einen Tisch, zerhackten ihren schönen Leib in Stücke und streuten Salz darüber. Die arme Braut hinter dem Faß zitterte und bebte; denn sie sah wohl, was für ein Schicksal ihr die Räuber zugedacht hatten. Einer von ihnen bemerkte an dem kleinen Finger der Gemordeten einen goldenen Ring, und als er sich nicht gleich abziehen ließ, so nahm er ein Beil und hackte den Finger ab: aber der Finger sprang in die Höhe über das Faß hinweg und fiel der Braut gerade in den Schoß. Der Räuber nahm ein Licht und wollte ihn suchen, konnte ihn aber nicht finden. Da sprach ein anderer: ‹Hast du auch schon hinter dem großen Fasse gesucht?› Aber die Alte rief: ‹Kommt und eßt und laßt das Suchen bis morgen: der Finger läuft euch nicht fort.›

Da sprachen die Räuber: ‹Die Alte hat recht›, ließen vom Suchen ab, setzten sich zum Essen, und die Alte tröpfelte ihnen einen Schlaftrunk in den Wein, daß sie sich bald in den Keller hinlegten, schliefen und schnarchten. Als die Braut das hörte, kam sie hinter dem Faß hervor und mußte über die Schlafenden wegschreiten, die da reihenweise auf der Erde lagen, und hatte große Angst, sie möchte einen aufwecken. Aber Gott half ihr, daß sie glücklich durchkam. Die Alte stieg mit ihr hinauf, öffnete die Türe, und sie eilten, so schnell sie konnten, aus der Mördergrube fort. Die gestreute Asche hatte der Wind weggeweht, aber die Erbsen und Linsen hatten

gekeimt und waren aufgegangen und zeigten im Mondenschein den Weg. Sie gingen die ganze Nacht, bis sie morgens in der Mühle ankamen. Da erzählte das Mädchen seinem Vater alles, wie es sich zugetragen hatte.

Als der Tag kam, wo die Hochzeit sollte gehalten werden, erschien der Bräutigam, der Müller aber hatte alle seine Verwandte und Bekannte einladen lassen. Wie sie bei Tische saßen, ward einem jeden aufgegeben, etwas zu erzählen. Die Braut saß still und redete nichts. Da sprach der Bräutigam zur Braut: ‹Nun, mein Herz, weißt du nichts? Erzähl uns auch etwas.› Sie antwortete: ‹So will ich einen Traum erzählen. Ich ging allein durch einen Wald und kam endlich zu einem Haus. Da war keine Menschenseele darin, aber an der Wand war ein Vogel in einem Bauer, der rief:

«Kehr um, kehr um, du junge Braut,
du bist in einem Mörderhaus»,

und rief es noch einmal. Mein Schatz, das träumte mir nur. Da ging ich durch alle Stuben, und alle waren leer, und es war so unheimlich darin. Ich stieg endlich hinab in den Keller; da saß eine steinalte Frau darin, die wackelte mit dem Kopfe. Ich fragte sie: «Wohnt mein Bräutigam in diesem Haus?» Sie antwortete: «Ach, du armes Kind, du bist in eine Mördergrube geraten! Dein Bräutigam wohnt hier, aber er will dich zerhacken und töten und will dich dann kochen und essen.» Mein Schatz, das träumte mir nur. Aber die alte Frau versteckte mich hinter ein großes Faß, und kaum war ich da verborgen, so kamen die Räuber heim und schleppten eine Jungfrau mit sich; der gaben sie dreierlei Wein zu trinken, weißen, roten und gelben; davon zersprang ihr das Herz. Mein Schatz, das träumte mir nur. Darauf zogen sie ihr die feinen Kleider ab, zerhackten ihren schönen Leib auf einem Tisch in Stücke und bestreuten ihn mit Salz. Mein Schatz, das träumte mir nur. Und einer von den Räubern sah, daß an dem Goldfinger noch ein Ring steckte, und weil er schwer abzuziehen war, so nahm er ein Beil und hieb ihn ab, aber der Finger sprang in die Höhe und sprang hinter das große Faß und fiel mir in den Schoß. Und da ist der Finger mit dem Ring.› Bei diesen Worten zog sie ihn hervor und zeigte ihn den Anwesenden.

Der Räuber, der bei der Erzählung ganz kreideweiß geworden war, sprang auf und wollte entfliehen, aber die Gäste hielten ihn fest und überlieferten ihn den Gerichten. Da ward er und seine ganze Bande für ihre Schandtaten gerichtet.

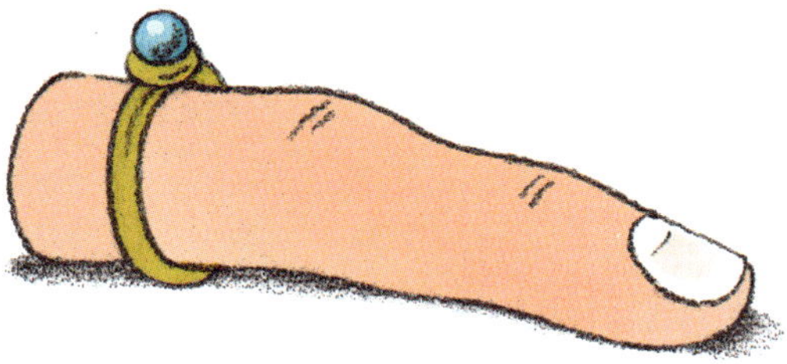

Gebrüder Grimm

Fitchers Vogel

Es war einmal ein Hexenmeister, der nahm die Gestalt eines armen Mannes an, ging vor die Häuser und bettelte und fing die schönen Mädchen. Kein Mensch wußte, wo er sie hinbrachte; denn sie kamen nie wieder zum Vorschein. Eines Tages erschien er vor der Türe eines Mannes, der drei schöne Töchter hatte, sah aus wie ein armer schwacher Bettler und trug einen Korb auf dem Rücken, als wollte er milde Gaben darin sammeln. Er bat um ein bißchen Essen, und als die älteste herauskam und ihm ein Stück Brot reichen wollte, rührte er sie nur an, und sie mußte in seinen Korb springen. Darauf eilte er mit starken Schritten fort und trug sie in einen finstern Wald zu seinem Haus, das mitten darin stand. In dem Haus war alles prächtig. Er gab ihr, was sie nur wünschte, und sprach: ‹Mein Schatz, es wird dir wohl gefallen bei mir, du hast alles, was dein Herz begehrt.› Das dauerte ein paar Tage, da sagte er: ‹Ich muß fortreisen und dich eine kurze Zeit allein lassen, da sind die Hausschlüssel, du kannst überall hingehen und alles betrachten, nur nicht in eine Stube, die dieser kleine Schlüssel da aufschließt, das verbiet' ich dir bei Lebensstrafe.› Auch gab er ihr ein Ei und sprach: ‹Das Ei verwahre mir sorgfältig und trag es lieber beständig bei dir; denn ginge es verloren, so würde ein großes Unglück daraus entstehen.› Sie nahm die Schlüssel und das Ei und versprach, alles wohl auszurichten. Als er fort war, ging sie in dem Haus herum von unten bis oben und besah alles: die Stuben glänzten von Silber und Gold, und sie meinte, sie hätte nie so große Pracht gesehen. Endlich kam sie auch zu der verbotenen Tür, sie wollte vorübergehen, aber die Neugierde ließ ihr keine Ruhe. Sie besah den Schlüssel, er sah aus wie jeder andere, sie steckte ihn ein und drehte ein wenig, da sprang die Türe auf. Aber was erblickte sie, als sie hineintrat? Ein großes blutiges Becken stand in der Mitte, und darin lagen tote zerhauene Menschen, daneben stand ein Holzblock, und ein blinkendes Beil lag darauf. Sie erschrak so sehr, daß das Ei, das sie in der Hand hielt, hineinplumpste. Sie holte es wieder heraus und wischte das Blut ab, aber vergeblich, es kam den Augenblick wieder zum Vorschein; sie wischte und schabte, aber sie konnte es nicht herunterkriegen.

Nicht lange, so kam der Mann von der Reise zurück, und das erste, was er forderte, war der Schlüssel und das Ei. Sie reichte es ihm hin, aber sie zitterte dabei, und er sah gleich an den roten Flecken, daß sie in der Blutkammer gewesen war. ‹Bist du gegen meinen Willen in die Kammer gegangen›, sprach er, ‹so sollst du gegen deinen Willen wieder hinein. Dein Leben ist zu Ende.› Er warf sie nieder, schleifte sie an den Haaren hin, schlug ihr das Haupt auf dem Blocke ab und zerhackte sie, daß ihr Blut auf dem Boden dahinfloß. Dann warf er sie zu den übrigen ins Becken.

‹Jetzt will ich mir die zweite holen›, sprach der Hexenmeister, ging wieder in Gestalt eines armen Mannes vor das Haus und bettelte. Da brachte ihm die zweite ein Stück Brot; er fing sie wie die erste durch bloßes Anrühren und trug sie fort. Es erging ihr nicht besser als ihrer Schwester: sie ließ sich von ihrer Neugierde verleiten, öffnete die Blutkammer und schaute hinein und mußte es bei seiner Rückkehr mit dem Leben büßen. Er ging nun und holte die dritte, die aber war klug und listig. Als er ihr die Schlüssel und das Ei gegeben hatte und fortgereist war, verwahrte sie das Ei erst sorgfältig, dann besah sie das Haus und ging zuletzt in die verbotene Kammer. Ach, was erblickte sie! Ihre beiden lieben Schwestern lagen da in dem Becken jämmerlich ermordet und zerhackt. Aber sie hub an und suchte die Glieder zusammen und legte sie zurecht, Kopf, Leib, Arme und Beine. Und als nichts mehr fehlte, da fingen die Glieder an sich zu regen und schlossen sich aneinander, und beide Mädchen öffneten die Augen und waren wieder lebendig. Da freuten sie sich, küßten und herzten einander. Der Mann forderte bei seiner Ankunft gleich Schlüssel und Ei, und als er keine Spur von Blut daran entdecken konnte, sprach er: ‹Du hast die Probe bestanden, du sollst meine Braut sein.› – Er hatte jetzt keine Macht mehr über sie und mußte tun, was sie verlangte. ‹Wohlan›, antwortete sie, ‹du sollst vorher einen Korb voll Gold meinem Vater und meiner Mutter bringen und es selbst auf deinem Rücken hintragen; derweil will ich die Hochzeit bestellen.› Dann lief sie zu ihren Schwestern, die sie in einem Kämmerlein versteckt harte, und sagte: ‹Der Augenblick ist da, wo ich euch retten kann: der Bösewicht soll euch selbst wieder heimtragen; aber sobald ihr zu Hause seid, sendet mir Hilfe.› Sie setzte beide in einen Korb und deckte sie mit Gold ganz zu, daß nichts von ihnen zu sehen war. Dann rief sie den Hexenmeister herein und sprach: ‹Nun trag den Korb fort, aber daß du mir unterwegs nicht stehen bleibst und ruhest, ich schaue durch meine Fensterlein und habe acht.›

Der Hexenmeister hob den Korb auf seinen Rücken und ging damit fort, er drückte ihn aber so schwer, daß ihm der Schweiß über das Angesicht lief. Da setzte er sich nieder und wollte ein wenig ruhen, aber gleich rief eine im Korbe: ‹Ich schaue durch mein Fensterlein und sehe, daß du ruhst, willst du gleich weiter!› Er meinte, die Braut riefe ihm das zu, und machte sich wieder auf. Nochmals wollte er sich setzen, aber es rief gleich: ‹Ich schaue durch mein Fensterlein und sehe, daß du ruhst, willst du gleich weiter!› Und so oft er stillstand, rief es, und da mußte er fort, bis er endlich stöhnend und außer Atem den Korb mit dem Gold und den beiden Mädchen in ihrer Eltern Haus brachte.

Daheim aber ordnete die Braut das Hochzeitsfest an und ließ die Freunde des Hexenmeisters dazu einladen. Dann nahm sie einen Totenkopf mit grinsenden Zähnen, setzte ihm einen Schmuck auf und einen Blumenkranz, trug ihn oben vors Bodenloch und ließ ihn da hinausschauen. Als alles bereit war, steckte sie sich in ein Faß

mit Honig, schnitt das Bett auf und wälzte sich in den Federn, daß sie aussah wie ein wunderlicher Vogel, und kein Mensch sie erkennen konnte. Da ging sie zum Haus hinaus, und unterwegs begegnete ihr ein Teil der Hochzeitsgäste, die fragten:

‹Du, Fitchers Vogel wo kommst du her?›
‹Ich komme von Fitze Fitchers Hause her.›
‹Was macht denn da die junge Braut?›
‹Hat gekehrt von unten bis oben das Haus
und guckt zum Bodenloch heraus.›

Endlich begegnete ihr der Bräutigam, der langsam zurückwanderte. Er fragte wie die andern:

‹Du, Fitchers Vogel, wo kommst du her?›
‹Ich komme von Fitze Fitchers Hause her.›
‹Was macht denn da meine junge Braut?›
‹Hat gekehrt von unten bis oben das Haus
und guckt zum Bodenloch heraus.›

Der Bräutigam schaute hinauf und sah den geputzten Totenkopf. Da meinte er, es wäre seine Braut, und nickte ihr zu und grüßte sie freundlich. Wie er aber samt seinen Gästen ins Haus gegangen war, da kamen die Brüder und Verwandte der Braut an, die zu ihrer Rettung gesendet waren. Sie schlossen alle Türen des Hauses zu, daß niemand entfliehen konnte, und steckten es an, so daß der Hexenmeister mitsamt seinem Gesindel verbrennen mußte.

Charles Perrault
Die Fee

Es war einmal eine Witwe, die hatte zwei Töchter. Die ältere glich an Gesicht und Charakter so sehr ihrer Mutter, daß man sogleich denselben Ton erkannte. Beide, Mutter und Tochter, waren gleich unausstehlich und gleich hochmütig und eingebildet. Die jüngere hingegen glich ganz ihrem seligen Vater, der zu gut und zu brav gewesen, um es lange an der Seite seiner Gattin auszuhalten, und der sich darum beizeiten vor ihr in die Erde geflüchtet. Da böse Leute nur ihresgleichen lieben, so liebte die Mutter auch nur ihre ältere Tochter, während sie die jüngere nicht riechen konnte. Diese mußte in der Küche essen und für beide arbeiten, als wäre sie ihre Magd.

Unter anderem mußte das arme Mädchen täglich zweimal eine halbe Stunde weit laufen, um frisches Wasser zu holen, und immer mußte der große Krug voll sein bis zum Rande.

Eines Tages, da sie wieder am Brunnen war, kam eine alte Frau daher, die sie um einen Trunk Wasser bat.

‹Gern, gern, mein gutes Mütterchen›, rief das Mädchen, spülte den Krug aus, schöpfte an der klarsten Stelle des Brunnens und hielt den Krug, während die Alte ihren Durst stillte. Nachdem sie getrunken, sagte die Alte, welche, im Vertrauen gesagt, eine Fee war und sich nur so verkleidet hatte, um die Herzensgüte des Mädchens zu prüfen, sie sagte also: ‹Mein Kind, du bist so schön, gut und lieb, daß ich dir mit Vergnügen ein Geschenk machen will. Dies Geschenk besteht darin, daß jedes Wort, das du von nun an sprechen wirst, als eine Blume oder als ein Edelstein aus deinem Munde hervorkommen soll.›

Als sie nun nach Hause kam, schimpfte die Mutter, weil sie so lange ausgeblieben.

‹Ich bitte dich um Verzeihung, meine Mutter›, sagte das Mädchen, ‹daß ich so spät komme› - und siehe da, wie sie das sagte, kamen aus ihrem Munde zwei Rosen, zwei Perlen und zwei große Diamanten hervor.

‹Was seh ich!› rief die Mutter erstaunt, ‹ich glaube gar, sie spricht Perlen und Diamanten! Wie kommt das, mein Kind?› - Es war das erstemal in ihrem Leben, daß sie sie ‹mein Kind› nannte. - Das gute Mädchen erzählte ganz einfach und aufrichtig, was ihr begegnet war, und während sie erzählte, quollen wieder Perlen und Diamanten aus ihrem Munde.

‹Das ist ja wunderbar›, rief die Mutter, ‹da muß gleich auch meine Tochter hin.

Sieh mal, Suse, was da aus dem Munde deiner Schwester hervorkommt! Würde dir eine solche Eigenschaft nicht besser passen? Du darfst nur an den Brunnen gehen und Wasser schöpfen, und wenn ein altes Weib kommt und dich um einen Trunk bittet, höflich zu trinken geben.›

‹Von wegen›, antwortete die ältere, ‹das würde sich ja schön für mich schicken, an den Brunnen zu gehen!›

‹Aber ich will es›, schrie die Mutter, ‹und du gehst sogleich.›

So ging sie denn, aber immer brummend, und die schönste silberne Kanne hatte sie mitgenommen. Am Brunnen stehend, sah sie eine prachtvoll geputzte Dame aus dem Walde herankommen, die sie um einen Trunk Wasser bat. Es war das, wie man leicht errät, dieselbe Fee, die ihrer guten Schwester erschienen war und welche jetzt in Gestalt einer Prinzessin auftrat, um zu sehen, wie weit die Unart der bösen gehen werde.

Diese antwortete, wie zu erwarten stand: ‹Bin ich deshalb hierhergekommen, um Euch zu bedienen? Freilich, man nimmt silberne Krüge ganz besonders für die fremde Frau mit! Wie? Meinetwegen trinket, wenn Ihr wollt. Es ist Wasser genug da.›

‹Ihr seid nicht höflich, mein Kind›, sagte die Fee gelassen. - ‹Nun denn, weil Ihr so wenig zuvorkommend seid, beschenke ich Euch mit der Gabe, daß jedes Wort, das Ihr sprechet, aus Eurem Munde als Schlange oder Kröte hervorkomme.›

Sobald ihre Mutter sie erblickte, rief sie ihr entgegen: ‹Nun, meine Tochter, wie ist's?›

‹Nun, meine Mutter, so ist's!› antwortete die Tochter und warf zwei Schlangen und zwei Kröten aus.

‹Himmel! Was sehe ich?› schrie die Mutter. ‹An all dem ist deine Schwester schuld, sie soll es büßen!›

Sie lief, um die jüngere durchzuprügeln. Das arme Mädchen ergriff die Flucht und versteckte sich im Walde. Da kam der Königssohn von der Jagd zurück, sah sie, und weil sie so schön war, fragte er sie, warum sie so allein im Walde sei und warum sie so weine. ‹Ach, mein Prinz›, antwortete sie, ‹meine Mutter hat mich aus dem Hause gejagt.›

Der Prinz, der aus ihrem Munde ein halbes Dutzend Perlen und Diamanten kommen sah, bat sie um Erklärung dieser schönen Sonderbarkeit. Sie erzählte und erklärte es ihm, worauf er sich sogleich in sie verliebte, und bedenkend, daß eine solche Gabe mehr wert sei als irgendeine Mitgift irgendeiner Königstochter, nahm er sie mit heim in seinen Palast und heiratete sie.

Ihre Schwester, die durch die Gabe, Schlangen und Kröten zu sprechen, nicht gewonnen hatte und in deren Umgebung es immer unangenehmer wurde, überwarf sich zuletzt auch mit der Mutter, die sie aus dem Hause jagte. Nachdem sie lange unstet in der Welt umhergeirrt, und da niemand eine Person, die Schlangen und Kröten sprach, bei sich aufnehmen wollte, ging sie im wilden Walde jämmerlich zugrunde.

Gebrüder Grimm

Die sechs Schwäne

Es jagte einmal ein König in einem großen Wald und jagte einem Wild so eifrig nach, daß ihm niemand von seinen Leuten folgen konnte. Als der Abend herankam, hielt er still und blickte um sich; da sah er, daß er sich verirrt hatte. Er suchte einen Ausgang, konnte aber keinen finden. Da sah er eine alte Frau mit wackelndem Kopfe, die auf ihn zukam; das war aber eine Hexe. ‹Liebe Frau›, sprach er zu ihr, ‹könnt Ihr mir nicht den Weg durch den Wald zeigen?› – ‹O ja, Herr König›, antwortete sie, ‹das kann ich wohl, aber es ist eine Bedingung dabei: wenn Ihr die nicht erfüllt, so kommt Ihr nimmermehr aus dem Wald und müßt darin Hungers sterben.› ‹Was ist das für eine Bedingung?› fragte der König. ‹Ich habe eine Tochter›, sagte die Alte, ‹die so schön ist, wie Ihr nur eine auf der Welt finden könnt, und wohl verdient, Eure Gemahlin zu werden; wollt Ihr die zur Frau Königin machen, so zeige ich Euch den Weg aus dem Walde.› Der König in der Angst seines Herzens willigte ein, und die Alte führte ihn zu ihrem Häuschen, wo ihre Tochter beim Feuer saß. Sie empfing den König, als wenn sie ihn erwartet hätte, und er sah wohl, daß sie sehr schön war, aber sie gefiel ihm doch nicht, und er konnte sie ohne heimliches Grausen nicht ansehen. Nachdem er das Mädchen zu sich aufs Pferd gehoben hatte, zeigte ihm die Alte den Weg, und der König gelangte wieder in sein königliches Schloß, wo die Hochzeit gefeiert wurde.

Der König war schon einmal verheiratet gewesen und hatte von seiner ersten Gemahlin sieben Kinder: sechs Knaben und ein Mädchen, die er über alles auf der Welt liebte. Weil er nun fürchtete, die Stiefmutter möchte sie nicht gut behandeln und ihnen gar ein Leid antun, so brachte er sie in ein einsames Schloß, das mitten in einem Walde stand. Es lag so verborgen, und der Weg war so schwer zu finden, daß er ihn selbst nicht gefunden hätte, wenn ihm nicht eine weise Frau ein Knäuel Garn von wunderbarer Eigenschaft geschenkt hätte; wenn er das vor sich hinwarf, so wickelte es sich von selbst los und zeigte ihm den Weg. Der König ging aber so oft hinaus zu seinen lieben Kindern, daß der Königin seine Abwesenheit auffiel; sie ward neugierig und wollte wissen, was er draußen ganz allein in dem Walde zu schaffen habe. Sie gab seinen Dienern viel Geld, und die verrieten ihr das Geheimnis und sagten ihr auch von dem Knäuel, das allein den Weg zeigen könnte. Nun hatte sie keine Ruhe, bis sie herausgebracht hatte, wo der König das Knäuel aufbewahrte, und dann machte sie kleine weißseidene Hemdchen, und da sie von ihrer Mutter die Hexenkünste gelernt hatte, so nähte sie einen Zauber hinein. Und als der König einmal auf die Jagd geritten war, nahm sie die Hemdchen und ging in den Wald, und das Knäuel zeigte ihr den Weg. Die Kinder, die aus der Ferne jemand kommen sahen, meinten, ihr lieber Vater käme zu ihnen, und sprangen ihm voll Freude entgegen. Da warf sie über ein jedes eins von den Hemdchen, und wie das ihren Leib berührt hatte, verwandelten sie sich in Schwäne und flogen über den Wald hinweg. Die Königin ging ganz vergnügt nach Haus und glaubte, ihre Stiefkinder los zu sein, aber das Mädchen war ihr mit den Brüdern nicht entgegengelaufen, und sie wußte nichts von ihm. Andern Tags kam der König und wollte seine Kinder besuchen, er fand aber niemand als das Mädchen. ‹Wo sind deine Brüder?› fragte der König. ‹Ach, lieber Vater›, antwortete es, ‹die sind fort und haben mich allein zurückgelassen›, und erzählte ihm, daß es aus seinem Fensterlein mitangesehen habe, wie seine Brüder als Schwäne über den Wald weggeflogen wären, und zeigte ihm die Federn, die sie in dem Hof hatten fallen lassen, und die es aufgelesen hatte. Der König trauerte, aber er dachte nicht, daß die Königin die böse Tat vollbracht hätte, und weil er fürchtete, das Mädchen würde ihm auch geraubt, so wollte er es mit fortnehmen. Aber es hatte Angst vor der Stiefmutter und bat den König, daß es nur noch diese Nacht im Waldschloß bleiben dürfte.

Das arme Mädchen dachte: ‹Meines Bleibens ist nicht länger hier, ich will gehen und meine Brüder suchen.› Und als die Nacht kam, entfloh es und ging gerade in den Wald hinein. Es ging die ganze Nacht durch und auch den andern Tag in einem fort, bis es vor Müdigkeit nicht weiter konnte. Da sah es eine Wildhütte, stieg hinauf und fand eine Stube mit sechs kleinen Betten, aber es getraute nicht, sich in eins zu legen, sondern kroch unter eins, legte sich auf den harten Boden und wollte die Nacht da zubringen. Als aber die Sonne bald untergehen wollte, hörte es ein Rauschen und sah, daß sechs Schwäne zum Fenster hereingeflogen kamen. Sie setzten sich auf den Boden und bliesen einander an und bliesen sich alle Federn ab, und ihre Schwanenhaut streifte sich ab wie ein Hemd. Da sah sie das Mädchen an und erkannte ihre Brüder, freute sich und kroch unter dem Bett hervor. Die Brüder waren nicht weniger erfreut, als sie ihr Schwesterchen erblickten, aber ihre Freude war von kurzer Dauer. ‹Hier kann deines Bleibens nicht sein›, sprachen sie zu ihm, ‹das ist eine Herberge für Räuber: wenn die heimkommen und finden dich, so ermorden sie dich.› –‹Könnt ihr mich denn nicht beschützen?› fragte das Schwesterchen. ‹Nein›, antworteten sie, ‹denn wir können nur eine Viertelstunde lang jeden Abend unsere Schwanenhaut ablegen und haben in dieser Zeit unsere menschliche Gestalt, aber dann werden wir wieder in Schwäne verwandelt.› Das Schwesterchen weinte und sagte: ‹Könnt ihr denn nicht erlöst werden?› ‹Ach nein›, antworteten sie, ‹die Bedingungen sind zu schwer. Du darfst sechs Jahre lang nicht sprechen und nicht lachen und mußt in der Zeit sechs Hemdchen für uns aus Sternenblumen zusammennähen. Kommt ein einziges Wort aus deinem Munde, so ist alle Arbeit verloren.› Und als die Brüder das gesprochen hatten, war die Viertelstunde herum, und sie flogen als Schwäne wieder zum Fenster hinaus.

Das Mädchen aber faßte den festen Entschluß, seine Brüder zu erlösen, und wenn es auch sein Leben kostete. Es verließ die Wildhütte, ging mitten in den Wald und setzte sich auf einen Baum und brachte da die Nacht zu. Am andern Morgen ging es aus, sammelte Sternblumen und fing an zu nähen. Reden konnte es mit niemand, und zum Lachen hatte es keine Lust: es saß da und sah nur auf seine Arbeit. Als es schon lange Zeit da zugebracht hatte, geschah es, daß der König des Landes in dem Wald jagte, und seine Jäger zu dem Baum kamen, auf welchem das Mädchen saß. Sie riefen es an und sagten: ‹Wer bist du?› Es gab aber keine Antwort. ‹Komm herab zu uns›, sagten sie, ‹wir wollen dir nichts zuleide tun.› Es schüttelte bloß mit dem Kopf. Als sie es weiter mit Fragen bedrängten, so warf es ihnen seine goldene Halskette herab und dachte, sie damit zufrieden zu stellen. Sie ließen aber nicht ab; da warf es ihnen seinen Gürtel herab, und als auch dieses noch nicht half, seine Strumpf-

bänder und nach und nach alles, was es anhatte und entbehren konnte, so daß es nichts mehr als sein Hemdlein behielt. Die Jäger ließen sich aber damit nicht abweisen, stiegen auf den Baum, hoben das Mädchen herab und führten es vor den König. Der König fragte: ‹Wer bist du? Was machst du auf dem Baum?› Aber es antwortete nicht. Er fragte es in allen Sprachen, die er wußte, aber es blieb stumm wie ein Fisch. Weil es aber so schön war, so ward des Königs Herz gerührt, und er faßte eine große Liebe zu ihm. Er tat ihm seinen Mantel um, nahm es vor sich aufs Pferd und brachte es in sein Schloß. Da ließ er ihm reiche Kleider antun, und es strahlte in seiner Schönheit wie der helle Tag, aber es war kein Wort aus ihm herauszubringen. Er setzte es bei Tisch an seine Seite, und seine bescheidenen Mienen und seine Sittsamkeit gefielen ihm so sehr, daß er sprach: ‹Diese begehre ich zu heiraten und keine andere auf der Welt›, und nach einigen Tagen vermählte er sich mit ihr.

Der König aber hatte eine böse Mutter, die war unzufrieden mit dieser Heirat und sprach schlecht von der jungen Königin. ‹Wer weiß, wo das Mädchen her ist›, sagte sie, ‹die nicht reden kann: sie ist eines Königs nicht würdig.› Über ein Jahr, als die Königin das erste Kind zur Welt brachte, nahm es ihr die Alte weg und bestrich ihr im Schlafe den Mund mit Blut. Da ging sie zum König und klagte sie an, sie wäre eine Menschenfresserin. Der König wollte es nicht glauben und duldete nicht, daß man ihr ein Leid antat. Sie saß aber beständig und nähte an den Hemden und achtete auf nichts anderes. Das nächste Mal, als sie wieder einen schönen Knaben gebar, übte die falsche Schwiegermutter denselben Betrug aus, aber der König konnte sich nicht entschließen, ihren Reden Glauben beizumessen. Er sprach: ‹Sie ist zu fromm und gut, als daß sie so etwas tun könnte; wäre sie nicht stumm und könnte sie sich verteidigen, so würde ihre Unschuld an den Tag kommen.› Als aber das dritte Mal die Alte das neugeborene Kind raubte und die Königin anklagte, die kein Wort zu ihrer Verteidigung vorbrachte, so konnte der König nicht anders, er mußte sie dem Gericht übergeben, und das verurteilte sie, den Tod durchs Feuer zu erleiden.

Als der Tag herankam, wo das Urteil sollte vollzogen werden, da war zugleich der letzte Tag von den sechs Jahren herum, in welchen sie nicht sprechen und nicht lachen durfte, und sie hatte ihre lieben Brüder aus der Macht des Zaubers befreit. Die sechs Hemden waren fertig geworden, nur daß an dem letzten der linke Ärmel noch fehlte. Als sie nun zum Scheiterhaufen geführt wurde, legte sie die Hemden auf ihren Arm, und als sie oben stand, und das Feuer eben sollte angezündet werden, so schaute sie sich um: da kamen sechs Schwäne durch die Luft daher gezogen. Da sah sie, daß ihre Erlösung nahte, und ihr Herz regte sich in Freude. Die Schwäne rauschten zu ihr her und senkten sich herab, so daß sie ihnen die Hemden überwerfen konnte: und wie sie davon berührt wurden, fielen die Schwanenhäute ab, und ihre Brüder standen leibhaftig vor ihr und waren frisch und schön; nur dem jüngsten fehlte der linke Arm, und er hatte dafür einen Schwanenflügel am Rücken. Sie herzten und küßten sich, und die Königin ging zu dem Könige, der ganz bestürzt war, und fing an zu reden und sagte: ‹Liebster Gemahl, nun darf ich sprechen und dir offenbaren, daß ich unschuldig bin und fälschlich angeklagt›, und erzählte ihm von dem Betrug der Alten, die ihre drei Kinder weggenommen und verborgen hätte. Da wurden sie zu großer Freude des Königs herbeigeholt, und die böse Schwiegermutter wurde zur Strafe auf den Scheiterhaufen gebunden und zu Asche verbrannt. Der König aber und die Königin mit ihren sechs Brüdern lebten lange Jahre in Glück und Frieden.

Gebrüder Grimm

Die Bremer Stadtmusikanten

Es hatte ein Mann einen Esel, der schon lange Jahre die Säcke unverdrossen zur Mühle getragen hatte, dessen Kräfte aber nun zu Ende gingen, so daß er zur Arbeit immer untauglicher ward. Da dachte der Herr daran, ihn aus dem Futter zu schaffen, aber der Esel merkte, daß kein guter Wind wehte, lief fort und machte sich auf den Weg nach Bremen. Dort, meinte er, könnte er ja Stadtmusikant werden. Als er ein Weilchen fortgegangen war, fand er einen Jagdhund auf dem Wege liegen, der japste wie einer, der sich müde gelaufen hat. ‹Nun, was japst du so, Packan?› fragte der Esel. – ‹Ach›, sagte der Hund, ‹weil ich alt bin und jeden Tag schwächer werde, auch auf der Jagd nicht mehr fort kann, hat mich mein Herr wollen totschlagen, da hab' ich Reißaus genommen; aber womit soll ich nun mein Brot verdienen?› – ‹Weißt du was?› sprach der Esel, ‹ich gehe nach Bremen und werde dort Stadtmusikant, geh mit und laß dich auch bei der Musik annehmen. Ich spiele die Laute, und du schlägst die Pauken.› Der Hund war's zufrieden, und sie gingen weiter. Es dauerte nicht lange, so saß da eine Katze an dem Weg und machte ein Gesicht wie drei Tage Regenwetter. ‹Nun, was ist dir in die Quere gekommen, alter Bartputzer?› sprach der Esel. – ‹Wer kann da lustig sein, wenn's einem an den Kragen geht›, antwortete die Katze, ‹weil ich nun zu Jahren komme, meine Zähne stumpf werden, und ich lieber hinter dem Ofen sitze und spinne als nach Mäusen herumjage, hat mich meine Frau ersäufen wollen; ich habe mich zwar noch fortgemacht, aber nun ist guter Rat teuer: wo soll ich hin?› – ‹Geh mit uns nach Bremen, du verstehst dich doch auf die Nachtmusik, da kannst du ein Stadtmusikant werden.› Die Katze hielt das für gut und ging mit. Darauf kamen die drei Landesflüchtigen an einem Hof vorbei; da saß auf dem Tor der Haushahn und schrie aus Leibeskräften. ‹Du schreist einem durch Mark und Bein›, sprach der Esel, ‹was hast du vor?› – ‹Da hab' ich gut Wetter prophezeit›, sprach der Hahn, ‹weil unserer lieben Frauen Tag ist, wo sie dem Christkindlein die Hemdchen gewaschen hat und sie trocknen will; aber weil morgen zum Sonntag Gäste kommen, so hat die Hausfrau doch kein Erbarmen und hat der Köchin gesagt, sie wollte mich morgen in der Suppe essen, und da soll ich mir heut' abend den Kopf abschneiden lassen. Nun schrei' ich aus vollem Hals, solang ich noch kann.› – ‹Ei was, du Rotkopf›, sagte der Esel, ‹zieh lieber mit uns fort, wir gehen nach Bremen, etwas Besseres als den Tod findest du überall; du hast eine gute Stimme, und wenn wir zusammen musizieren, so muß es eine Art haben.› Der Hahn ließ sich den Vorschlag gefallen, und sie gingen alle viere zusammen fort.

Sie konnten aber die Stadt Bremen in einem Tag nicht erreichen und kamen abends in einen Wald, wo sie übernachten wollten. Der Esel und der Hund legten sich unter einen großen Baum, die Katze und der Hahn machten sich in die Äste, der Hahn aber flog bis in die Spitze, wo es am sichersten für ihn war. Ehe er einschlief, sah er sich noch einmal nach allen vier Winden um; da schien ihm, er sähe in der Ferne ein Fünkchen brennen, und rief seinen Gesellen zu, es müßte nicht gar weit ein Haus sein; denn es scheine ein Licht. Sprach der Esel: ‹So müssen wir uns aufmachen und noch hingehen; denn hier ist die Herberge schlecht.› Der Hund meinte, ein paar Knochen und etwas Fleisch dran täten ihm auch gut. Also machten sie sich auf den Weg nach der Gegend, wo das Licht war, und sahen es bald heller schimmern, und es ward immer größer, bis sie vor ein hell erleuchtetes Räuberhaus kamen. Der Esel, als der größte, näherte sich dem Fenster und schaute hinein. ‹Was siehst du, Grauschimmel?› fragte der Hahn. ‹Was ich sehe?› antwortete der Esel, ‹einen gedeckten Tisch mit schönem Essen und Trinken, und Räuber sitzen daran und lassen's sich wohl sein.› – ‹Das wäre was für uns›, sprach der Hahn. ‹Ja, ja, ach, wären wir da!› sagte der Esel. Da ratschlagten die Tiere, wie sie es anfangen müßten, um die Räuber hinauszujagen, und fanden endlich ein Mittel. Der Esel mußte sich mit den Vorderfüßen auf das Fenster stellen, der Hund auf des Esels Rücken springen, die Katze auf den Hund klettern, und endlich flog der Hahn hinauf und setzte sich der Katze auf den Kopf. Wie das geschehen war, fingen sie auf ein Zeichen insgesamt an, ihre Musik zu machen: der Esel schrie, der Hund bellte, die Katze miaute, und der Hahn krähte; dann stürzten sie durch das Fenster in die Stube hinein, daß die Scheiben klirrten. Die Räuber fuhren bei dem entsetzlichen Geschrei in die Höhe, meinten nicht anders, als ein Gespenst käme herein, und flohen in größter Furcht in den Wald hinaus. Nun setzten sich die vier Gesellen an den Tisch, nahmen mit dem vorlieb, was übrig geblieben war, und aßen, als wenn sie vier Wochen hungern sollten.

Wie die vier Spielleute fertig waren, löschten sie das Licht aus und suchten sich eine Schlafstätte, jeder nach seiner Natur und

Bequemlichkeit. Der Esel legte sich auf den Mist, der Hund hinter die Türe, die Katze auf den Herd bei der warmen Asche, und der Hahn setzte sich auf den Hahnenbalken: und weil sie müde waren von ihrem langen Weg, schliefen sie auch bald ein. Als Mitternacht vorbei war, und die Räuber von weitem sahen, daß kein Licht mehr im Haus brannte, auch alles ruhig schien, sprach der Hauptmann: ‹Wir hätten uns doch nicht sollen ins Bockshorn jagen lassen›, und hieß einen hingehen und das Haus untersuchen. Der Abgeschickte fand alles still, ging in die Küche, ein Licht anzuzünden, und weil er die glühenden, feurigen Augen der Katze für lebendige Kohlen ansah, hielt er ein Schwefelhölzehen daran, daß es Feuer fangen sollte. Aber die Katze verstand keinen Spaß, sprang ihm ins Gesicht, spie und kratzte. Da erschrak er gewaltig, lief und wollte zur Hintertüre hinaus, aber der Hund, der da lag, sprang auf und biß ihn ins Bein: und als er über den Hof an dem Mist vorbei rannte, gab ihm der Esel noch einen tüchtigen Schlag mit dem Hinterfuß; der Hahn aber, der vom Lärmen aus dem Schlaf geweckt und munter geworden war, rief vom Balken herab: ‹Kikeriki!› Da lief der Räuber, was er konnte, zu seinem Hauptmann zurück und sprach: ‹Ach, in dem Haus sitzt eine greuliche Hexe, die hat mich angehaucht und mit ihren langen Fingern mir das Gesicht zerkratzt: und vor der Türe steht ein Mann mit einem Messer, der hat mich ins Bein gestochen: und auf dem Hof liegt ein schwarzes Ungetüm, das hat mit einer Holzkeule auf mich losgeschlagen: und oben auf dem Dache, da sitzt der Richter, der rief: ‹Bringt mir den Schelm her!› Da machte ich, daß ich fortkam.› Von nun an getrauten sich die Räuber nicht weiter in das Haus, den vier Bremer Musikanten gefiel's aber so wohl darin, daß sie nicht wieder heraus wollten. Und der das zuletzt erzählt hat, dem ist der Mund noch warm.

LUDWIG BECHSTEIN

Die Hexe und die Königskinder

Mitten in einem Walde wohnte eine alte schlimme Hexe ganz allein mit ihrer Tochter, welche ein gutes, mildes Kind war und bei der das Sprichwort ‹Der Apfel fällt nicht weit vom Stamme› nicht zutraf. Der Stamm nämlich war über alle Maßen knorrig, stachlig und häßlich; wer die Alte sah, ging ihr aus dem Wege und dachte: ‹Weit davon ist gut vorm Schuß.› Die Alte trug beständig eine grüne Brille und über ihrem Zottelhaar, das ungekämmt ihr vom Kopfe weit herunterhing, einen roten Tuchlappen und ging gern in kurzen Ärmeln, daß ihre dürren, wettergebräunten Arme weit aus dem sie umschlotternden Gewand hervorragten. Auf dem Rücken trug sie für gewöhnlich einen Sack mit Zauberkräutern, die sie im Walde sammelte, und in der Hand einen großen Topf, darin sie dieselben kochte und damit Ungewitter, Hagel, Reif und Frost zuwege brachte, so oft es ihr beliebte.

Am Finger trug sie einen Hexenreif von Golde mit einem glühroten Karfunkelstein, mit dem sie Menschen und Tiere verzaubern konnte. Dieser Ring machte die Alte riesenstark und lebenskräftig und machte sie, wenn sie wollte, auch ganz und gar unsichtbar; da konnte sie hingehen, wohin sie wollte, und nehmen, was sie wollte - und das tat sie auch, und im Walde suchte sie die Hirschkühe auf, und wenn die Tiere den Ring sahen und sahen den Stein funkeln, da mußten sie, an eine Stelle gebannt, stehenbleiben, und dann ging die Alte zu den Hirschkühen und molk deren Milch in ihren Topf und trank sie mit ihrer Tochter. Diese Tochter hieß Käthchen, und hatte es nicht gut bei ihrer bösen Mutter, doch trug sie geduldig alles Leid. Am schmerzlichsten war ihr, daß ihre Mutter manchesmal Kinder mitbrachte, mit denen Käthchen gern gespielt hätte, allein die Alte nahm immer den Kindern ihre Kleider, sperrte die Kinder ein und fütterte sie mit Hirschmilch, daß sie fett wurden, und was sie dann mit ihnen vornahm, ist gruselig zu erzählen; sie verwandelte sie nämlich in Hirschkälbchen und verkaufte diese an Jäger. Die Jäger aber schossen die armen verwandelten und verkauften Hirschkälbchen tot und lieferten sie in die Stadt, wo die Leute das junge Wildbret gar gern essen. So schlimm und böse war die häßliche Alte, und da sie den ganzen Tag nichts tat als zaubern und böse Ränke ersinnen und dabei oft und viel laut vor sich hin murmelte, so lernte ihre Tochter Käthchen einige Zauberstücklein von ihr, die sie ganz im stillen für sich behielt.

Da brachte eines Abends die Alte wieder zwei wunderschöne Kinder, einen Knaben und ein Mädchen, denen sah man an, daß es Geschwister waren und reicher Leute Kinder; beide hatten sich im Walde verirrt, waren von der Alten gefunden und nach ihrem Hause mitgenommen worden, und sie hatte ihnen gesagt, sie wolle sie zurück zu den Eltern bringen. Die Kinder sahen sich schrecklich getäuscht, als die Alte ihnen ihre schönen Kleider auszog, ihnen dafür Lumpen anlegte und sie in ein dunkles Kämmerchen einsperrte. Doch bekamen sie einen ganzen Topf voll Hirschmilch zu essen, welche gut schmeckte, und ein Stück schwarzes Brot dazu, welches weniger gut schmeckte, aber endlich doch auch verzehrt wurde.

Am andern Morgen humpelte die Alte schon frühzeitig in den Wald und winkte den Hirschkühen. Da war eine Hirschfamilie, welche die Alte besonders gut kannte und schätzte, bestehend aus dem Herrn Hirsch, der Frau Hirschin und zwei jungen Kälbchen, die hielten sich immer treulich im Walde zusammen, waren aber doch in steter Furcht vor der bösen Alten, welche machen konnte, daß sie alle stillstehen mußten, und sie mußten sich von der bösen Hexe die Muttermilch nehmen lassen, so daß die Kälbchen sich nicht satt trinken und nicht fett werden konnten. ‹Könnt ich dir nur einmal mein Geweih durch den dürren Leib rennen›, dachte oft der Hirsch, und die Hirschin hatte auch keine guten Wünsche für die Alte - es half aber ihr Wünschen allen beiden nichts. Während die Alte im Walde war, schlich Käthchen zu dem Kämmerlein und sah durch eine Ritze in der Tür die armen gefangenen Kinder, welche seufzten und weinten, in großem Herzeleid. Da fragte Käthchen: ‹Wer seid ihr denn, ihr armen Kinder?›

‹Wir sind eines Königs Kinder! O mache uns frei, mein Vater wird es dir lohnen!› sprach der Königsprinz.

‹Und meine Mutter auch›, sagte die kleine Prinzessin, indem sie hinzufügte: ‹Du sollst auch unsre gute Schwester sein und sollst bei mir im seidnen Bettchen schlafen, und ich will dir gar schöne goldne Kleider geben, hilf uns, hilf uns nur!›

Da sagte Käthchen: ‹Seid nur geduldig, liebe Königskinder; ich will schon zusehen und darauf sinnen, daß ich euch befreie.›

Am andern Morgen in aller Frühe machte das gute Käthchen ein Zauberstück. Sie verließ eilig ihr Lager, hauchte hinein und sagte leise:

‹Liebes Bettchen, sprich für mich,

Bin ich weg, sei du mein Ich!›

So auch hauchte sie auf ihre Lade, auf die Treppe und auf den Herd in der Küche und sprach das nämliche Sprüchlein. Darauf ging sie an das wohlverwahrte Kämmerlein der Königskinder; hielt eine Springwurzel, welche die Alte auf dem Küchenbrot liegen hatte, an das Schloß und sagte:

‹Riegel, Riegel, Riegelein,
Öffne dich, laß aus und ein!›

Da sprangen gleich Schloß und Riegel auf, und Käthchen führte alsbald die Königskinder hinweg und in den Wald hinein.

Als die Alte aufwachte, rief sie: ‹Käthchen, stehe auf und schüre Feuer an!› Da rief es aus dem Bettchen:

‹Ich bin schon auf und munter!
Ich komme gleich in die Küche hinunter!›

Die Alte blieb nun noch liegen, doch da sie nach einer Weile nichts hörte, rief sie wieder: ‹Käthchen! Wo bleibt denn das faule Ding?›

‹Gleich!› rief es von der Lade:

‹Ich sitze auf der Lade
Und binde das Strumpfband über die Wade!›

Da nun wieder eine Weile verging und sich im Hause nichts rührte noch regte, so ward die Alte böse und schrie:

‹Käthe! Balg! Wo bleibst du denn?› Da scholl eine Stimme von der Treppe:

‹Ich komme schon, ich fliege!
Ich bin ja schon leibhaftig auf der Stiege!›

Die Alte beruhigte sich noch einmal, aber nicht gar lange, denn da wieder alles still blieb, so fuhr sie auf und schalt und fluchte. Da rief es vom Herde her:

‹Wozu die bösen Flüche?

Ich bin ja schon am Herd und in der Küche!›

Gleichwohl blieb es in der Küche und im ganzen Hause totenstill. Jetzt riß der Alten völlig der Geduldsfaden, sie sprang aus ihrem Bett, fuhr in die Kleider und nahm einen Besenstiel, willens, Käthchen unbarmherzig durchzuprügeln. Aber wie sie hinauskam, war kein Käthchen da, nicht zu sehen, nicht zu hören, und was das Schönste, für die Alte aber das Schlimmste war: auch die Königskinder waren fort. Jetzt hättet ihr sollen die Hexensprünge sehen, welche das zornige böse alte Weib machte. Ihr Ring zeigte ihr sogleich die Richtung an, nach welcher Käthchen mit den Kindern geflohen war, und sie raste nun wild hinter ihnen her. Die Kinder aber, als sie in den Wald gekommen waren, hatten dort den Herrn von Edelhirsch nebst Gemahlin, Sohn und Tochter angetroffen und dieser Familie in aller Eile ihr Unglück und ihre Flucht erzählt und ihre edlen Herzen mächtig gerührt, so daß sie sich bereit zeigten, ihnen alle mögliche Hilfe angedeihen zu lassen. Die gute Dame Hirsch bot den Kindern ihren Rücken dar, sie alle drei nach dem

Königsschlosse zu tragen, das jenseits des Waldes lag, und der Gemahl befahl seinen Kindern, sich in das Dickicht zurückzuziehen, er selbst stellte sich hinter dichtes Laubgebüsch nahe am Weg, willens, die Alte, wenn sie vorbeirenne und er ihren Ring nicht sehe, über den Haufen zu stoßen.

Es währte auch gar nicht lange, so kam die Alte in großen Sprüngen; in ihrem Zorn und Eifer vergaß sie ganz, unsichtbar sein zu wollen, hielt auch den Finger mit dem Ring nicht empor. Und so geschah es, daß plötzlich ein großes und stattliches Hirschgeweih mit ihr in eine sehr verwickelte Berührung kam, bei welcher eines der Enden des Geweihes mit Gewalt den Finger der Alten so streifte, daß der Zauberring vom Finger herabging und sich auf dem Ende feststeckte, und ehe sich's einer versah, so hatte der Hirsch die alte Hexe aufgegabelt, die nun durch des Ringes Kraft selbst starr und steif wurde, und trug sie in gestrecktem Lauf der Fährte nach, welche die gute Hirschkuh, seine Gemahlin, im tauigen Grase zurückgelassen. Diese war indes mit den drei Kindern bereits im Königsschloß angekommen, und von dem König und der Königin waren die verlorenen Kinder und das gute Käthchen, das sie gerettet, mit großer Freude empfangen worden, als sie plötzlich alle mit großer Verwunderung die Alte, auf dem Geweih des stattlichen Edelhirsches sitzend und getragen, daherschweben sahen. Der Hirsch aber sprang ohne Säumen in den Schloßteich und tauchte mit dem Kopfe unter. Als er wieder auftauchte, war sein Geweih frei von der Last. Aber auch der Zauberring blieb auf dem Grund des Teiches. Hirsch und Hirschin kehrten zu ihrem Walde und zu ihren Kindern zurück und waren sehr froh, daß ihnen nun niemand mehr ihre Milch nahm; Käthchen aber blieb bei den Königskindern und schlief in einem seidnen Bettchen und trug goldne Kleidchen und wurde selbst gehalten wie ein Königskind.

GEBRÜDER GRIMM

Die Alte im Wald

Es fuhr einmal ein armes Dienstmädchen mit seiner Herrschaft durch einen großen Wald, und als sie mitten darin waren, kamen Räuber aus dem Dickicht hervor und ermordeten, wen sie fanden. Da kamen alle miteinander um bis auf das Mädchen, das war in seiner Angst aus dem Wagen gesprungen und hatte sich hinter einen Baum verborgen. Wie die Räuber mit ihrer Beute fort waren, trat es herbei und sah das große Unglück. Da fing es an, bitterlich zu weinen, und sagte: ‹Was soll ich armes Mädchen nun anfangen, ich weiß mich nicht aus dem Wald herauszufinden, keine Menschenseele wohnt darin; so muß ich gewiß verhungern.› Es ging herum, suchte einen Weg, konnte aber keinen finden. Als es Abend war, setzte es sich unter einen Baum, befahl sich Gott und wollte da sitzen bleiben und nicht weggehen, möchte geschehen, was immer wollte. Als es aber eine Weile da gesessen hatte, kam ein weißes Täubchen zu ihm geflogen und hatte ein kleines goldenes Schlüsselchen im Schnabel. Das Schlüsselchen legte es ihm in die Hand und sprach: ‹Siehst du dort den großen Baum, daran ist ein kleines

Schloß, das schließ mit dem Schlüsselchen auf, so wirst du Speise genug finden und keinen Hunger mehr leiden.› Da ging es zu dem Baum und schloß ihn auf und fand Milch in einem kleinen Schüsselchen und Weißbrot zum Einbrocken dabei, daß es sich satt essen konnte. Als es satt war, sprach es: ‹Jetzt ist es Zeit, wo die Hühner daheim auffliegen, ich bin so müde, könnt' ich mich doch auch in mein Bett legen.› Da kam das Täubchen wieder geflogen und brachte ein anderes goldenes Schlüsselchen im Schnabel und sagte: ‹Schließ dort den Baum auf, so wirst du ein Bett finden.› Da schloß es auf und fand ein schönes weiches Bettchen: da betete es zum lieben Gott, er möchte es behüten in der Nacht, legte sich und schlief ein. Am Morgen kam das Täubchen zum drittenmal, brachte wieder ein Schlüsselchen und sprach: ‹Schließ dort den Baum auf, da wirst du Kleider finden›, und wie es aufschloß, fand es Kleider mit Gold und Edelsteinen besetzt, so herrlich, wie sie keine Königstochter hat. Also lebte es da eine Zeitlang, und das Täubchen kam alle Tage und sorgte für alles, was es bedurfte, und das war ein stilles, gutes Leben.

Einmal aber kam das Täubchen und sprach: ‹Willst du mir etwas zuliebe tun?› ‹Von Herzen gerne›, sagte das Mädchen. Da sprach das Täubchen: ‹Ich will dich zu einem kleinen Häuschen führen, da geh hinein, mittendrein am Herd wird eine alte Frau sitzen und «Guten Tag» sagen. Aber gib ihr beileibe keine Antwort, sie mag auch anfangen, was sie will, sondern geh nach rechts weiter, da ist eine Türe, die mach auf, so wirst du in eine Stube kommen, wo eine Menge von Ringen allerlei Art auf dem Tisch liegt, darunter sind prächtige mit glitzerigen Steinen, die laß aber liegen und suche einen schlichten heraus, der auch darunter sein muß, und bring ihn zu mir her, so geschwind du kannst.› Das Mädchen ging zu dem Häuschen und trat zu der Türe ein: da saß eine Alte, die machte große Augen, wie sie es erblickte, und sprach: ‹Guten Tag, mein Kind.› Es gab ihr aber keine Antwort und ging auf die Türe zu. ‹Wo hinaus?› rief sie und faßte es beim Rock und wollte es festhalten, ‹das ist mein Haus, da darf niemand herein, wenn ich's nicht haben will.› Aber das Mädchen schwieg still, machte sich von ihr los und ging gerade in die Stube hinein. Da lag nun auf dem Tisch eine übergroße Menge von Ringen, die glitzerten und glimmerten ihm vor den Augen: es warf sie herum und suchte nach dem schlichten, konnte ihn aber nicht finden. Wie es so suchte, sah es die Alte, wie sie daherschlich und einen Vogelkäfig in der Hand hatte und damit fortwollte. Da ging es auf sie zu und nahm ihr den Käfig aus der Hand, und wie es ihn aufhob und hineinsah, saß ein Vogel darin, der hatte den schlichten Ring im Schnabel. Da nahm es den Ring und lief ganz froh damit zum Haus hinaus und dachte, das weiße Täubchen würde kommen und den Ring holen, aber es kam nicht. Da lehnte es sich an einen Baum und wollte auf das Täubchen warten, und wie es so stand, da war es, als würde der Baum weich und biegsam und senkte seine Zweige herab. Und auf einmal schlangen sich die Zweige um es herum und waren zwei Arme, und wie es sich umsah, war der Baum ein schöner Mann, der es umfaßte und herzlich küßte und sagte: ‹Du hast mich erlöst und aus der Gewalt der Alten befreit, die eine böse Hexe ist. Sie hatte mich in einen Baum verwandelt, und alle Tage ein paar Stunden war ich eine weiße Taube, und solang sie den Ring besaß, konnte ich meine menschliche Gestalt nicht wieder erhalten.› Da waren auch seine Bedienten und Pferde von dem Zauber frei, die sie auch in Bäume verwandelt hatte, und standen neben ihm. Da fuhren sie fort in sein Reich; denn er war eines Königs Sohn, und sie heirateten sich und lebten glücklich.

Charles Perrault

Die schlafende Schöne

Es waren einmal ein König und eine Königin, die hatten keine Kinder und waren darüber gar sehr betrübt. Sie reisten zwar in alle möglichen Bäder, sie sparten nicht mit Gelübden und Wallfahrten; aber nichts wollte helfen. Doch endlich wurde die Königin dennoch guter Hoffnung und kam mit einer Tochter nieder. Eine schöne Tauffeier wurde ausgerichtet, und um diese Tochter recht glücklich zu machen, bat man alle Feen aus dem ganzen Lande, deren sieben waren, zu Taufpatinnen, damit ihr jede, so wie es damals unter den Feen üblich war, ein Geschenk machen und die Prinzessin auf diese Weise alle nur möglichen Vollkommenheiten erhalten möchte. Nach der Taufe ging die ganze Gesellschaft in den königlichen Palast, wo man den Feen ein herrliches Gastmahl gab. Jeder legte man ein prächtiges Eßbesteck auf, mit einem Futteral von gediegenem Golde, in welchem Messer, Gabel und Löffel steckten, alles von dem feinsten Golde, mit Diamanten und Rubinen besetzt. Als sich aber die ganze Gesellschaft schon zu Tische gesetzt hatte, öffnete sich die Tür, und eine alte Fee trat herein, die nicht eingeladen worden war, weil sie nun seit länger als fünfzig Jahren nicht mehr ausging und weil man glaubte, sie wäre in ihrem Turme gestorben oder verzaubert. Der König ließ ihr auch Teller und Besteck auflegen; aber es war unmöglich, ihr auch ein goldenes Futteral zu geben wie den anderen, weil man nur sieben für die sieben Feen hatte machen lassen. Die Alte glaubte, es geschehe, um sie zu ärgern, und murmelte einige Drohungen zwischen den Zähnen. Eine der jungen Feen, die sich in ihrer Nähe befand, hörte es und vermutete gleich, daß sie der kleinen Prinzessin irgendein schlimmes Geschenk machen würde. Sie versteckte sich daher nach aufgehobener Tafel hinter einem Wandteppich, um ihren Wunsch zuletzt auszusprechen und allenfalls das Böse wiedergutzumachen, welches die Alte dem Kinde antun würde. Hierauf fingen die Feen an, die Prinzessin zu beschenken. Die jüngste verhieß ihr, sie werde die Schönste auf der Welt sein, die zweite: Verstand wie ein Engel, die dritte: Reiz und Anmut in allem, was sie vornähme, die vierte: das Talent, schön zu tanzen, die fünfte: wie eine Nachtigall zu singen, die sechste: alle Arten von Instrumenten auf das vollkommenste zu spielen. Als die Reihe an die Alte kam, wackelte diese, mehr aus Verdruß als des Alters wegen, mit dem Kopfe und sagte, die Prinzessin solle sich mit einer Spindel in die Hand stechen und daran sterben. Die ganze Gesellschaft erschrak über dieses schreckliche Geschenk, und sie weinten insgesamt wie die Kinder. Aber in diesem Augenblick trat die junge Fee hinter dem Wandteppich hervor und sagte ganz laut zu dem König und der Königin: ‹Gebt Euch zufrieden, Eure Tochter wird nicht sterben. Es steht zwar nicht in meiner Gewalt, die boshafte Absicht meiner Vorgängerin ganz zu vereiteln; die Prinzessin wird sich mit einer Spindel in die Hand stechen, aber statt zu sterben, wird sie in einen tiefen Schlaf fallen, aus welchem sie nach hundert Jahren durch den Sohn eines Königs aufgeweckt werden wird.›

Der König, der danach trachtete, dem von der Alten verkündeten Unglück zu entgehen, ließ einen Befehl bekanntmachen, durch welchen er jedermann bei Todesstrafe verbot, an der Spindel zu spinnen oder nur eine Spindel im Hause zu haben. Eines Tages, da die Prinzessin schon etwa fünfzehn oder sechzehn Jahr alt war, begaben sich der König und die Königin auf eines ihrer Lustschlösser, und da trug es sich zu, daß die Prinzessin im ganzen Schlosse treppauf, treppab aus einer Stube in die andere lief und endlich auch in ein kleines Dachstübchen oben im Turme kam, wo sie ein altes Mütterchen fand, das vor einem Spinnrocken saß und spann. Die gute Alte hatte in ihrem Dachstübchen von dem Befehle des Königs kein Wörtchen erfahren. ‹Was macht Ihr denn da, gute Frau?› fragte die Prinzessin.

‹Nun, da spinne ich, schönes Kind›, versetzte die Alte, die die Prinzessin nicht kannte.

‹Ach, das ist ja allerliebst!› antwortete diese. ‹Laßt mal sehen, wie Ihr's macht! Ich will doch sehen, ob ich es nachmachen kann.›

Die Alte gab ihr die Spindel, und wie sie dieselbe in die Hand nahm, stach sie sich damit, denn sie war etwas lebhaft und flattrig, und überdies war es der Wille der Feen, daß es so geschehen mußte. Sie stach sich also und sank ohnmächtig nieder. Die Alte war vor Schrecken außer sich und schrie nach Hilfe. Man eilte von allen Seiten herbei, man spritzte der Prinzessin Wasser ins Gesicht, man löste ihr die Schnürbrust auf, man rieb ihr Hände und Schläfen mit starken Wassern ein: alles war umsonst, sie kam nicht wieder zu sich. Da erinnerte sich der König, der indes, aufgestört durch den Lärm, auch herbeigeeilt war, der Prophezeiung der Feen, und da er wohl einsah, daß man sich dem Willen der Feen nicht widersetzen könne, so ließ er die Prinzessin in das schönste Zimmer des Palastes tragen und auf ein prächtiges, gold- und silbergesticktes Bett legen.

Sie war schön wie ein Engel, denn die Ohnmacht hatte ihrer Haut nichts von ihrer frischen Farbe genommen; ihre Wangen waren rot wie Rosen und ihre Lippen wie Korallen. Nur die Augen hatte sie geschlossen, aber man hörte sie leise atmen und sah daraus gar wohl, daß sie nicht tot war. Der König befahl, sie ruhig schlafen zu lassen, bis die Stunde ihres Erwachens gekommen wäre. Die gute Fee, die ihr das Leben gerettet hatte, indem sie sie zu einem hundertjährigen Schlafe verurteilte, befand sich eben in dem Königreiche Mataquin, zwölftausend Meilen von dem Orte entfernt, wo der Prinzessin dieses Unglück zustieß, aber sie erhielt in wenigen Augenblicken durch ihren Zwerg Nachricht davon, der Siebenmeilenstiefel anhatte – Stiefel, mit denen man auf jeden Schritt sieben Meilen machte. Die Fee reiste sogleich ab und kam in weniger als einer Stunde auf einem feurigen, mit Drachen bespannten Wagen an. Der König reichte ihr die Hand, als sie aus dem Wagen stieg. Sie billigte alles, was er getan hatte, aber bei ihrer außerordentlichen Voraussicht fiel ihr ein, daß die Prinzessin, wenn sie aufwachte und sich in dem alten Schlosse allein fände, in große Verlegenheit geraten würde. Sie fand auch dafür ein Mittel. Sie berührte außer dem König und der Königin alles, was sich in dem Schlosse befand, mit ihrem Zauberstab: Gouvernanten, Hofdamen, Kammerfrauen, Kammerherren, Bediente, Haushofmeister, Köche, Küchenjungen, Schweizer, Pagen und Lakaien, sie berührte auch alle Pferde im Stalle samt den Reitknechten, die Hofhunde und das Schoßhündchen der Prinzessin, das neben ihrem Bett lag. Sowie sie sie berührte, schliefen sie alle ein, um zugleich mit der Prinzessin wieder aufzuwachen und ihr zu Diensten zu sein, wenn sie ihrer bedurfte. Auch die Bratspieße in der Küche, die voll Rebhühner und Fasanen staken, schliefen ein, und auch das Feuer schlief ein. Alles das geschah in einem Augenblick, denn die Feen machen in allem, was sie tun, wenig Federlesens. Hierauf küßten König und Königin ihr liebes Kind noch einmal, ohne daß es davon aufwachte, verließen das Schloß und geboten durch ein Edikt, daß sich niemand demselben nähern solle. Aber auch dieses Verbot war unnötig, denn in weniger als einer Viertelstunde wuchs rund um das Schloß eine so große Menge Bäume, Sträucher und Dornen, und diese waren alle so ineinander verflochten, daß weder Menschen noch Tiere durchdringen konnten. Nur noch die Turmspitze des Schlosses guckte heraus. Man hatte allen möglichen Grund, zu glauben, daß auch dieses ein Werk der Fee sei, damit die Prinzessin während ihres Schlafes nichts von neugierigen Leuten zu fürchten hätte.

Nach Verlaufe von hundert Jahren ging der Sohn des damals regierenden Königs, der aus einer anderen Familie war als die schlafende Prinzessin, auf die Jagd, und da es sich traf, daß er in die Gegend des Waldes kam, wo das Schloß lag, fragte er, was das für Türme seien, die aus dem Dickicht des Waldes hervorragten. Jeder antwortete ihm, was er selbst davon gehört hatte; die einen sagten, es wäre ein altes Schloß, worin es spuke, die anderen, daß alle Zauberer aus dem ganzen Lande dort ihren Hexensabbat feierten, die allgemeinste Meinung aber war, daß ein Menschenfresser darin wohne, der alle kleinen Kinder raube, die er fangen könne, und sie dort ruhig verzehre, weil ihm niemand nachfolgen könne und er allein sich den Weg durch das dicke Gebüsch zu bahnen vermöchte. Endlich aber nahm ein alter Bauer das Wort und sagte zu dem Prinzen, der nicht wußte, was er von alledem halten sollte: ‹Durchlauchtiger Prinz, es ist nun länger als fünfzig Jahre, daß ich meinen Vater habe sagen hören, es läge in diesem Schlosse eine wunderschöne Prinzessin, welche hundert Jahre schlafen und dann von einem Prinzen aufgeweckt werden sollte, dem sie bestimmt wäre.›

Als der Prinz dieses hörte, geriet er in Feuer und Flammen und zweifelte keinen Augenblick, daß er bestimmt sei, dieses schöne Abenteuer zu bestehen. Von Liebe und Ruhm getrieben, beschloß er, auf der Stelle mehr davon zu erfahren. Er näherte sich dem Gebüsche, und bei jedem Schritte, den er tat, machten ihm die Dornen und Sträucher von selbst Platz und ließen ihn durch. So kam er endlich an das Schloß, welches er an dem äußersten Ende einer langen Allee liegen sah. Keiner von seinen Leuten hatte ihm folgen können, weil die Bäume und Sträucher sich wieder geschlossen hatten, sobald er hindurchgegangen war. Obgleich er sich ein wenig hierüber wunderte, setzte er dennoch seinen Weg weiter fort, denn einem jungen und verliebten Prinzen fehlt es niemals an Mut. Er kam hierauf in einen großen Vorhof, wo das, was er sah, ihn doch beinahe vor Furcht gelähmt hätte. Allenthalben herrschte das schrecklichste Stillschweigen, allenthalben sah man das Bild des Todes. Eine Menge Körper von Menschen und Tieren lagen hier ausgestreckt. Er hielt sie anfänglich für tot, aber an den kupfrigen Nasen der Schweizer und ihren roten Gesichtern sah er, daß sie nur schliefen, und an den Gläsern, die neben ihnen standen und in welchen sich noch einige Tropfen Wein befanden, sah er, daß sie während des Trinkens eingeschlafen waren. Er kam hierauf in einen anderen großen Hof, der mit Marmor gepflastert war. Er stieg die Treppe hinauf und kam in den Wachsaal, wo die Garden in einer Reihe standen, die Büchsen über der Schulter hatten und laut schnarchten. So ging er durch mehrere Zimmer, in denen er eine Menge Herren und Damen fand, die alle schliefen, einige sitzend, andere stehend. Endlich kam er in ein schönes Zimmer, das über und über vergoldet war; hier sah er auf einem Bett, dessen Vorhänge auf beiden Seiten offen waren, das schönste Schauspiel von der Welt, das er je erblickt hatte: eine Prinzessin von etwa fünfzehn oder sechzehn Jahren, von deren strahlendem Gesicht etwas Leuchtendes und Göttliches ausging. Zitternd und voll Verwunderung näherte er sich ihr und sank neben dem Bett auf die Knie. Nunmehr, da in diesem Augenblick die Bezauberung endigte, erwachte die Prinzessin und sah ihn mit so zärtlichen Augen an, wie ein erster Blick nicht zärtlicher sein kann. ‹Seid Ihr es, mein Prinz›, sagte sie zu ihm, ‹Ihr habt lange auf Euch warten lassen.›

Der Prinz war entzückt über diese Worte und noch mehr über die Art, mit der sie sie vorbrachte. Er wußte gar nicht, wie er ihr seine Freude und Erkenntlichkeit bezeigen sollte. Er versicherte also, daß er sie mehr als sich selbst liebe. Seine Worte waren schlecht gesetzt, aber sie gefielen der Prinzessin nur desto mehr, denn je verliebter man ist, desto mehr fehlen einem die Worte. Er war überhaupt in weit größerer Verlegenheit als sie, und das war auch gar nicht verwunderlich, denn sie hatte Zeit genug gehabt, über ihre Reden nachzudenken, und es ist sehr wahrscheinlich, obgleich die Geschichte nichts davon sagt, daß die gute Fee sie die ganze Zeit mit angenehmen Träumen unterhalten hat, um ihr den langen Schlaf zu verkürzen. Und in der Tat hatte sie diese Zeit so gut angewandt, daß sie vier Stunden lang miteinander sprachen, ohne sich auch nur die Hälfte von dem gesagt zu haben, was sie sich zu sagen hatten.

Indessen war zugleich mit der Prinzessin alles im Schlosse aufgewacht; jedes war wieder an seine Arbeit gegangen, und da sie nicht alle verliebt waren, so verspürten sie einen schrecklichen Hunger. Die Ehrendame, welche den Dienst hatte und ebenso hungrig war wie die anderen, wurde ungeduldig und sagte der Prinzessin ein über das andere Mal, daß die Speisen aufgetragen seien. Der Prinz half ihr endlich vom Bett auf. Sie war ganz angezogen und in den reichsten Kleidern, aber er sagte ihr freilich nicht, daß sie wie zu Großmutters Zeiten gekleidet wäre und noch einen hohen steif stehenden Kragen trüge, denn sie war deswegen nicht weniger schön. Sie gingen nun zusammen in den Spiegelsaal und setzten sich zur Tafel, wobei ihnen die Bedienten der Prinzessin aufwarteten. Violinen und Oboen erklangen, die Kapelle spielte einige alte Stücke, die vortrefflich waren, obgleich man sie seit hundert Jahren nicht mehr gespielt hatte. Ohne Zeit zu verlieren, traute sie der Hofkaplan nach aufgehobener Tafel in der Schloßkirche, und die Ehrendame brachte die Prinzessin zu Bett. Sie schliefen wenig, denn die Prinzessin hatte den Schlaf nicht nötig, und der Prinz stand bei Anbruch des Tages auf und kehrte nach der Stadt zurück, wo sein Vater wegen seines Ausbleibens in großer Angst war. Der Prinz gab vor, sich auf der Jagd in dem Walde verirrt zu haben, und da habe ihn ein Köhler in seine Hütte aufgenommen und mit schwarzem Brote und mit Käse bewirtet. Der König war ein sehr guter Mann und glaubte es, aber die Königin war nicht so leicht zu überzeugen, und da sie sah, daß er fast alle Tage auf die Jagd ging und immer eine Ausflucht hatte, wenn er in zwei oder drei Nächten nicht nach Hause gekommen war, so schöpfte sie Verdacht und fiel auf die Vermutung, er müsse irgendwo ein Liebchen haben; denn er lebte nun schon länger als zwei Jahre mit der Prinzessin, und sie schenkte ihm zwei Kinder, von denen sie das erste, welches ein Mädchen war, Prinzessin Morgenrot, und das zweite, einen Sohn, Prinz Tag, nannten, weil er noch schöner war als seine Schwester. Die Königin, um ihren Sohn zum Geständnis zu bringen, sagte mehrmals zu ihm, daß man sein Leben genießen müsse und daß man sich seiner Schwächen in gewissen Punkten nicht zu schämen habe, aber er wagte es nicht, ihr sein Geheimnis anzuvertrauen, denn er fürchtete sie, sosehr er sie auch liebte, weil sie aus einem Menschenfressergeschlechte war; sein Vater hatte sie bloß ihrer ungeheuren Reichtümer wegen geheiratet. Man sagte sich auch am Hofe ins Ohr, daß sie alle Begierden der Menschenfresser habe und daß sie, wenn sie kleine Kinder vorbeigehen sehe, sich kaum enthalten könne, sich auf sie zu stürzen. Darum wollte ihr der Prinz nichts sagen. Aber da der König nach Verlaufe von zwei Jahren gestorben war und der Prinz nun freie Hände bekam, deklarierte er öffentlich seine Heirat und holte die Königin, seine Gemahlin, mit großen Zeremonien aus ihrem Schlosse. Sie zog mit vielem Pomp inmitten ihrer beiden Kinder in die Hauptstadt ein. Kurze Zeit darauf bekriegte ihr Gemahl den Kaiser Cantalabutte, seinen Nachbarn. Die Verwaltung des Reiches überließ er seiner Mutter und empfahl ihr seine Gemahlin und die Kinder auf das dringendste. Er mußte den ganzen Sommer über ausbleiben, und sobald er abgereist war, schickte die Königinmutter ihre Schwiegertochter und ihre Enkel in ein entlegenes Landhaus, mitten im Walde, um dort ihr abscheuliches Gelüst besser befriedigen zu können. Einige Tage darauf folgte sie ihnen selbst nach, ließ vor dem Schlafengehen ihren Haushofmeister zu sich kommen und sagte zu ihm: ‹Morgen mittag will ich die kleine Prinzessin Morgenrot verspeisen.›

‹Um Gottes willen, Eure Majestät!› rief der Haushofmeister.

‹Ohne Widerrede›, versetzte die Königin, und sie sagte dies in dem Tone eines Menschenfressers, dem nach frischem Fleische gelüstet, ‹und zwar will ich sie mit einer sauren Zwiebelbrühe essen.›

Der arme Mann, der wohl sah, daß mit einer Menschenfresserin in diesem Punkte nicht zu spaßen war, nahm sein großes Messer und ging in die Kammer der kleinen Prinzessin. Sie war damals vier Jahre alt. Sie sprang ihm lachend entgegen, fiel ihm um den Hals und bat ihn um Zuckerwerk. Er fing an zu weinen. Das Messer fiel ihm aus der Hand. Er begab sich in den Hof und schnitt einem einjährigen Lamme die Gurgel durch und machte eine so gute Brühe daraus, daß ihm die Königin sagte, sie hätte zeit ihres Lebens so was Gutes nicht gegessen. Zu gleicher Zeit hatte er die kleine Morgenröte mitgenommen und sie seiner Frau gegeben, damit sie sie in einer geheimen Kammer verberge, welche er unten im Hofe besaß. Acht Tage darauf sagte die boshafte Königin wieder zu ihrem Haushofmeister: ‹Ich will morgen abend den kleinen Prinz Tag essen.›

Er antwortete nichts, sondern beschloß, sie wie das erste Mal zu betrügen. Hierauf ging er zu dem kleinen Tag, der eben ein Holzschwert in der Hand hatte und sich mit einem großen Affen herumfocht, und gleichwohl war er erst drei Jahr alt. Er brachte ihn auch seiner Frau, um ihn zu der kleinen Morgenröte zu tun, und statt des kleinen Tag tischte er der Königin ein junges, sehr zartes Reh auf, das sie außerordentlich gut fand.

Bis dahin ging alles gut. Aber eines Tages sagte die bösartige Königin zu ihrem Haushofmeister: ‹Morgen will ich die Königin essen, und zwar mit derselben Brühe wie ihre Kinder.›

Diesmal geriet der arme Haushofmeister in eine wahre Verzweiflung, weil er nicht wußte, wie er sie noch einmal betrügen sollte. Die junge Königin war, ohne die hundert Jahre, die sie verschlafen hatte, etwas über zwanzig Jahre alt; ihre Haut war ein wenig fest, obgleich weiß und schön. Und wo sollte er auf dem ganzen Viehhofe ein Tier finden, das ihr glich? Er faßte also den Entschluß, der Königin ohne Barmherzigkeit die Kehle durchzuschneiden, um sein eigenes Leben zu retten, und begab sich in dieser Absicht auf ihr Zimmer. Er suchte sich, soviel es ihm möglich war, in Wut zu setzen und trat mit dem Dolche in der Hand in das Zimmer der jungen Königin. Indessen konnte er es doch nicht über das Herz bringen, sie so sehr zu überraschen, sondern überbrachte ihr den Befehl ihrer Schwiegermutter mit dem größten

Respekte. ‹Wohlan›, sagte sie und hielt ihm den Hals hin, ‹vollbringt den Befehl, den man Euch gegeben hat; ich werde meine Kinder wiedersehen, meine armen Kinder, die ich so sehr liebte.› Denn sie hielt sie für tot, weil sie ihr heimlich entführt worden waren.

‹Nein, nein, Madame›, antwortete der arme Haushofmeister gerührt, ‹Ihr sollt nicht sterben und sollt Eure Kinderchen wiedersehen, denn ich habe sie bei mir versteckt. Ich will die Königin noch einmal betrügen und ihr eine junge Hirschkuh an Eurer Stelle auftischen.›

Er führte sie hierauf in die Kammer, wo ihre Kinder waren, die ihr um den Hals fielen und mit ihr weinten, und er ließ sie hier, um eine Hirschkuh zurechtzumachen, die die Alte auch mit dem größten Appetit aß, als wenn es die junge Königin selbst gewesen wäre. Sie freute sich innerlich über ihre Grausamkeit und machte sich darauf gefaßt, dem Könige bei seiner Rückkehr zu sagen, daß seine Gemahlin und seine beiden Kinder von den wilden Wölfen gefressen worden wären.

Als sie aber eines Abends in den Höfen des Schlosses umherschlich, um ihrer Gewohnheit nach frisches Menschenfleisch aufzuspüren, hörte sie in einem tiefer gelegenen Gemache den kleinen Tag weinen, dem seine Mutter die Rute geben wollte, weil er unartig gewesen war, und zu gleicher Zeit hörte sie auch, daß die kleine Morgenröte für ihren Bruder um Verzeihung bat. Die Menschenfresserin erkannte die Stimmen ihrer Schwiegertochter und ihrer Enkel, und rasend vor Wut, weil sie sich betrogen sah, befahl sie sogleich mit einer fürchterlichen Stimme, vor welcher alles zitterte, den nächsten Morgen eine große Wanne in den Hof zu bringen und sie mit Kröten, Vipern, Nattern und Ottern anzufüllen, um die Königin, ihre Kinder, den Haushofmeister, seine Frau und seine Magd hineinzuwerfen. Sie hatte Befehl gegeben, sie mit gebundenen Händen herbeizuführen; die Henker waren schon im Begriff, sie in die Wanne hineinzustürzen, als der König, den man so bald nicht erwartet hatte, in den Hof geritten kam. Er war ganz entsetzt über das furchtbare Schauspiel, zu welchem er hier kam, und fragte, was es bedeuten solle. Niemand wagte es, ihm Auskunft darüber zu geben, als seine Mutter, wütend über das, was sie sah, sich in die Wanne stürzte und sogleich von den giftigen Tieren aufgefressen wurde. Der König betrübte sich darüber, denn sie war seine Mutter, aber er tröstete sich bald in den Armen seiner schönen Gemahlin und seiner liebenswürdigen Kinder.

Gebrüder Grimm
Der singende Knochen

Es war einmal in einem Lande große Klage über ein Wildschwein, das den Bauern die Äcker umwühlte, das Vieh tötete und den Menschen mit seinen Hauern den Leib aufriß. Der König versprach einem jeden, der das Land von dieser Plage befreien würde, eine große Belohnung: aber das Tier war so groß und stark, daß sich niemand in die Nähe des Waldes wagte, worin es hauste. Endlich ließ der König bekannt machen, wer das Wildschwein einfange oder töte, solle seine einzige Tochter zur Gemahlin haben.

Nun lebten zwei Brüder in dem Lande, Söhne eines armen Mannes, die meldeten sich und wollten das Wagnis übernehmen. Der älteste, der listig und klug war, tat es aus Hochmut, der jüngste, der unschuldig und dumm war, aus gutem Herzen. Der König sagte: ‹Damit ihr desto sicherer das Tier findet, so sollt ihr von entgegengesetzten Seiten in den Wald gehen.› Da ging der älteste von Westen und der jüngste von Osten hinein. Und als der jüngste ein Weilchen gegangen war, so trat ein kleines Männlein zu ihm: das hielt einen schwarzen Spieß in der Hand und sprach: ‹Diesen Spieß gebe ich dir, weil dein Herz unschuldig und gut ist! Damit kannst du getrost auf das wilde Schwein losgehen, es wird dir keinen Schaden zufügen.› Er dankte dem Männlein, nahm den Spieß auf die Schulter und ging ohne Furcht weiter. Nicht lange, so erblickte er das Tier, das auf ihn losrannte; er hielt ihm aber den Spieß entgegen, und in seiner blinden Wut rannte es so gewaltig hinein, daß ihm das Herz entzweigeschnitten ward. Da nahm er das Ungetüm auf die Schulter, ging heimwärts und wollte es dem König bringen.

Als er auf der andern Seite des Waldes herauskam, stand da am Eingang ein Haus, wo die Leute sich mit Tanz und Wein lustig machten. Sein ältester Bruder war da eingetreten und hatte gedacht, das Schwein liefe ihm doch nicht fort; erst wollte er sich einen rechten Mut antrinken. Als er nun den jüngsten erblickte, der mit seiner Beute beladen aus dem Wald kam, so ließ ihm sein neidisches und boshaftes Herz keine Ruhe. Er rief ihm zu: ‹Komm doch herein, lieber Bruder, ruhe dich aus und stärke dich mit einem Becher Wein.› Der jüngste, der nichts Arges dahinter vermutete, ging hinein und erzählte ihm von dem guten Männlein, das ihm einen Spieß gegeben, womit er das Schwein getötet hätte. Der älteste hielt ihn bis zum Abend zurück; da gingen sie zusammen fort. Als sie aber in der Dunkelheit zu der Brücke über einen Bach kamen, ließ der älteste den jüngsten vorangehen, und als er mitten über dem Wasser war, gab er ihm von hinten einen Schlag, daß er tot hinabstürzte. Er begrub ihn unter der Brücke, nahm dann das Schwein und brachte es dem König und sagte, er hätte es getötet, worauf er die Tochter des Königs zur Gemahlin erhielt. Als der jüngste Bruder nicht wiederkommen wollte, sagte er: ‹Das Schwein wird ihm den Leib aufgerissen haben›, und das glaubte jedermann.

Weil aber vor Gott nichts verborgen bleibt, sollte auch diese schwarze Tat ans Licht kommen. Nach langen Jahren trieb ein Hirt einmal seine Herde über die Brücke und sah unten im Sande ein schneeweißes Knöchlein liegen und dachte, das gäbe ein gutes Mundstück. Da stieg er herab, hob es auf und schnitzte ein Mundstück daraus für sein Horn. Als er zum erstenmal darauf geblasen hatte, so fing das Knöchlein zu großer Verwunderung des Hirten von selbst an zu singen:

‹Ach, du liebes Hirtelein,
du bläst auf meinem Knöchelein;
mein Bruder hat mich erschlagen,
unter der Brücke begraben
um das wilde Schwein,
für des Königs Töchterlein.›

‹Was für ein wunderliches Hörnchen›, sagte der Hirt, ‹das von selber singt! Das muß ich dem Herrn König bringen.› Als er damit vor den König kam, fing das Hörnchen abermals an, sein Liedchen zu singen. Der König verstand es wohl und ließ die Erde unter der Brücke aufgraben; da kam das ganze Gerippe des Erschlagenen zum Vorschein. Der böse Bruder konnte die Tat nicht leugnen, ward in einen Sack genäht und lebendig ersäuft, die Gebeine des Gemordeten aber wurden auf den Kirchhof in ein schönes Grab zur Ruhe gelegt.

Gebrüder Grimm

Fundevogel

Es war einmal ein Förster, der ging in den Wald auf die Jagd, und wie er in den Wald kam, hörte er schreien, als ob's ein kleines Kind wäre. Er ging dem Schreien nach und kam endlich zu einem hohen Baum, und oben darauf saß ein kleines Kind. Es war aber die Mutter mit dem Kinde unter dem Baum eingeschlafen, und ein Raubvogel hatte das Kind in ihrem Schoße gesehen: da war er hinzugeflogen, hatte es mit seinem Schnabel weggenommen und auf den hohen Baum gesetzt.

Der Förster stieg hinauf, holte das Kind herunter und dachte: ‹Du willst das Kind mit nach Haus nehmen und mit deinem Lenchen zusammen aufziehn.› Er brachte es also heim, und die zwei Kinder wuchsen miteinander auf. Das aber, das auf dem Baum gefunden worden war, und weil es ein Vogel weggetragen hatte, wurde Fundevogel geheißen. Fundevogel und Lenchen hatten sich so lieb, nein so lieb, daß, wenn eins das andere nicht sah, es traurig ward.

Der Förster hatte aber eine alte Köchin, die nahm eines Abends zwei Eimer und fing an, Wasser zu schleppen, und ging nicht einmal, sondern vielemal hinaus an den Brunnen. Lenchen sah es und sprach: ‹Hör einmal, alte Sanne, was trägst du denn so viel Wasser?› – ‹Wenn du's keinem Menschen wieder sagen willst, so will ich dir's wohl sagen.› Da sagte Lenchen, nein, sie wollte es keinem Menschen wiedersagen; da sprach die Köchin: ‹Morgen früh, wenn der Förster auf der Jagd ist, da koche ich das Wasser, und wenn's im Kessel siedet, werfe ich den Fundevogel rein und will ihn darin kochen.›

Des andern Morgens in aller Frühe stieg der Förster auf und ging auf die Jagd, und als er weg war, lagen die Kinder noch im Bett. Da sprach Lenchen zum Fundevogel: ‹Verläßt du mich nicht, so verlaß' ich dich auch nicht!› So sprach der Fundevogel: ‹Nun und nimmermehr.› Da sprach Lenchen: ‹Ich will es dir nur sagen, die alte Sanne schleppte gestern Abend so viel Eimer Wasser ins Haus, da fragte ich sie, warum sie das täte, da sagte sie, wenn ich's keinem Menschen sagen wollte, so wollte sie es mir wohl sagen: sprach ich, ich wollte es gewiß keinem Menschen sagen: da sagte sie, morgen früh, wenn der Vater auf die Jagd wäre, wollte sie den Kessel voll Wasser sieden, dich hineinwerfen und kochen. Wir wollen aber geschwind aufstehen, uns anziehen und zusammen fortgehen.›

Also standen die beiden Kinder auf, zogen sich geschwind an und gingen fort. Wie nun das Wasser im Kessel kochte, ging die Köchin in die Schlafkammer, wollte den Fundevogel holen und ihn hineinwerfen. Aber als sie hineinkam und zu den Betten trat, waren die Kinder alle beide fort: da wurde ihr grausam angst, und sie sprach zu sich: ‹Was will ich nun sagen, wenn der Förster heimkommt und sieht, daß die Kinder weg sind? Geschwind hinterher, daß wir sie wieder kriegen!›

Da schickte die Köchin drei Knechte nach, die sollten laufen und die Kinder einholen. Die Kinder aber saßen vor dem Wald, und als sie die drei Knechte von weitem laufen sahen, sprach Lenchen zum Fundevogel: ‹Verläßt du mich nicht, so verlaß' ich dich auch nicht.› Da sprach Fundevogel: ‹Nun und nimmermehr.› Da sagte Lenchen: ‹Werde du zum Rosenstöckchen und ich zum Röschen darauf.› Wie nun die drei Knechte vor den Wald kamen, so war nichts da als ein Rosenstrauch und ein Röschen oben drauf, die Kinder aber nirgends. Da sprachen sie: ‹Hier ist nichts zu machen›, und gingen heim und sagten der Köchin, sie hätten nichts in der Welt gesehen als nur ein Rosenstöckchen und ein Röschen oben darauf. Da schalt die alte Köchin: ‹Ihr Einfaltspinsel, ihr hättet das Rosenstöckchen sollen entzweischneiden und das Röschen abbrechen und mit nach Haus bringen, geschwind und tut's.› Sie mußten also zum zweitenmal hinaus und suchen. Die Kinder sahen sie aber von weitem kommen, da sprach Lenchen: ‹Fundevogel, verläßt du mich nicht, so verlaß ich dich auch nicht.› Fundevogel sagte: ‹Nun und nimmermehr.› Sprach Lenchen: ‹So werde du eine Kirche und ich die Krone darin.› Wie nun die drei Knechte dahin kamen, war nichts da als eine Kirche und eine Krone darin. Sie sprachen also zu einander: ‹Was sollen wir hier machen? Laßt uns nach Hause gehen.› Wie sie nach Haus kamen, fragte die Köchin, ob sie nichts gefunden hätten: da sagten sie, nein, sie hätten nichts gefunden als eine Kirche, da wäre eine Krone darin gewesen. ‹Ihr Narren›, schalt die Köchin, ‹warum habt ihr nicht die Kirche zerbrochen und die Krone mit heimgebracht?› Nun machte sich die alte Köchin selbst auf die Beine und ging mit den drei Knechten den Kindern nach. Die Kinde sahen aber die drei Knechte von weitem kommen, und die Köchin wackelte hinterher. Da sprach Lenchen: ‹Fundevogel. verläßt du mich nicht, so verlaß' ich dich auch nicht.› Da sprach der Fundevogel: ‹Nun und nimmermehr.› Sprach Lenchen: ‹Werde zum Teich und ich die Ente drauf.› Die Köchin aber kam herzu, und als sie den Teich sah, legte sie sich drüber hin und wollte ihn aussaufen. Aber die Ente kam schnell geschwommen, faßte sie mit ihrem Schnabel beim Kopf und zog sie ins Wasser hinein: da mußte die alte Hexe ertrinken. Da gingen die Kinder zusammen nach Haus und waren herzlich froh; und wenn sie nicht gestorben sind, leben sie noch.

GEBRÜDER GRIMM

Die drei Männlein im Walde

Es war ein Mann, dem starb seine Frau, und eine Frau, der starb ihr Mann; und der Mann hatte eine Tochter, und die Frau hatte auch eine Tochter. Die Mädchen waren miteinander bekannt und gingen zusammen spazieren und kamen hernach zu der Frau ins Haus. Da sprach sie zu des Mannes Tochter: ‹Hör, sage deinem Vater, ich wollt' ihn heiraten; dann kannst du jeden Morgen dich in Milch waschen und Wein trinken, meine Tochter aber soll sich in Wasser waschen und Wasser trinken.› Das Mädchen ging nach Haus und erzählte seinem Vater, was die Frau gesagt hatte. Der Mann sprach: ‹Was soll ich tun? Das Heiraten ist eine Freude und ist auch eine Qual.› Endlich, weil er keinen Entschluß fassen konnte, zog er seinen Stiefel aus und sagte: ‹Nimm diesen Stiefel, der hat in der Sohle ein Loch, geh damit auf den Boden, häng ihn an den großen Nagel und gieß dann Wasser hinein. Hält er das Wasser, so will ich wieder eine Frau nehmen, läuft's aber durch, so will ich nicht.› Das Mädchen tat, wie ihm geheißen war: aber das Wasser zog das Loch zusammen, und der Stiefel ward voll bis obenhin. Es verkündigte seinem Vater, wie's geschehen war. Da stieg er selbst hinauf, und als er sah, daß es seine Richtigkeit hatte, ging er zu der Witwe, und die Hochzeit ward gehalten.

Am andern Morgen, als die beiden Mädchen sich aufmachten, da stand vor des Mannes Tochter Milch zum Waschen und Wein zum Trinken, vor der Tochter der Frau aber stand Wasser zum Waschen und Wasser zum Trinken. Am zweiten Morgen stand Wasser zum Waschen und Wasser zum Trinken so gut vor des Mannes Tochter als vor der Tochter der Frau. Und am dritten Morgen stand Wasser zum Waschen und Wasser zum Trinken vor des Mannes Tochter, und Milch zum Waschen und Wein zum Trinken vor der Tochter der Frau, und dabei blieb's. Die Frau ward ihrer Stieftochter spinnefeind und wußte nicht, wie sie es ihr von einem Tag zum andern schlimmer machen sollte.

Auch war sie neidisch, weil ihre Stieftochter schön und lieblich war, ihre richtige Tochter aber häßlich und widerlich.

Einmal im Winter, als es steinhart gefroren hatte, und Berg und Tal vollgeschneit lag, machte die Frau ein Kleid von Papier, rief das Mädchen und sprach: ‹Da, zieh das Kleid an, geh hinaus in den Wald und hol mir ein Körbchen voll Erdbeeren; ich habe Verlangen danach.›- ‹Du lieber Gott›, sagte das Mädchen, ‹im Winter wachsen ja keine Erdbeeren, die Erde ist gefroren, und der Schnee hat auch alles zugedeckt. Und warum soll ich in dem Papierkleide gehen? Es ist draußen so kalt, daß einem der Atem friert: da weht ja der Wind hindurch, und die Dornen reißen mir's vom Leib.› – ‹Willst du mir noch widersprechen?› sagte die Stiefmutter, ‹mach, daß du fortkommst, und laß dich nicht eher wieder sehen, als bis du das Körbchen voll Erdbeeren hast.› - Dann gab sie ihm noch ein Stückchen hartes Brot und sprach: ‹Davon kannst du den Tag über essen›, und dachte: ‹Draußen wird's erfrieren und verhungern und mir nimmermehr wieder vor die Augen kommen.›

Nun war das Mädchen gehorsam, tat das Papierkleid an und ging mit dem Körbchen hinaus. Da war nichts als Schnee weit und breit, und war kein grünes Hälmchen zu sehen. Als es in den Wald kam, sah es ein kleines Häuschen; daraus guckten drei kleine Haulemännerchen. Es wünschte ihnen die Tageszeit und klopfte bescheiden an die Tür. Sie riefen ‹Herein›, und es trat in die Stube und setzte sich auf die Bank am Ofen; da wollte es sich wärmen und sein Frühstück essen. Die Haulemännerchen sprachen: ‹Gib uns auch etwas davon.› – ‹Gerne›, sprach es, teilte sein Stückchen Brot entzwei und gab ihnen die Hälfte. Sie fragten: ‹Was willst du zur Winterzeit in deinem dünnen Kleidchen hier im Wald?› – ‹Ach›, antwortete es, ‹ich soll ein Körbchen voll Erdbeeren suchen und darf nicht eher nach Hause kommen, als bis ich es mitbringe.› Als es sein Brot gegessen hatte, gaben sie ihm einen Besen und sprachen: ‹Kehre damit an der Hintertüre den Schnee weg.› Wie es aber draußen war, sprachen die drei Männerchen untereinander: ‹Was sollen wir ihm schenken, weil es so artig und gut ist und sein Brot mit uns geteilt hat?› - Da sagte der erste: ‹Ich schenk' ihm, daß es jeden Tag schöner wird.› - Der zweite sprach: ‹Ich schenk' ihm, daß Goldstücke ihm aus dem Mund fallen, sooft es ein Wort spricht.› - Der dritte sprach: ‹Ich schenk' ihm, daß ein König kommt und es zu seiner Gemahlin nimmt.›

Das Mädchen aber tat, wie die Haulemännerchen gesagt hatten, kehrte mit dem Besen den Schnee hinter dem kleinen Hause weg, und was glaubt ihr wohl, was es gefunden hat? lauter reife Erdbeeren, die ganz dunkelrot aus dem Schnee hervorkamen. Da raffte es in seiner Freude sein Körbchen voll, dankte den kleinen Männern, gab jedem die Hand und lief nach Haus und wollte der Stiefmutter das Verlangte bringen. Wie es eintrat und ‹Guten Abend› sagte, fiel ihm gleich ein Goldstück aus dem Mund. Darauf erzählte es, was ihm im Walde begegnet war, aber bei jedem Worte, das es sprach, fielen ihm die Goldstücke aus dem Mund, so daß bald die ganze Stube damit bedeckt ward. ‹Nun sehe einer den Übermut›, rief die Stiefschwester, ‹das Geld so hinzuwerfen›, aber heimlich war sie neidisch darüber und wollte auch hinaus in den Wald und Erdbeeren suchen. Die Mutter: ‹Nein, mein liebes Töchterchen, es ist zu kalt, du könntest mir erfrieren.› Weil sie ihr aber keine Ruhe ließ, gab sie endlich nach, nähte ihm einen prächtigen Pelzrock, den es anziehen mußte, und gab ihm Butterbrot und Kuchen mit auf den Weg.

Das Mädchen ging in den Wald und gerade auf das kleine Häuschen zu. Die drei kleinen Haulemänner guckten wieder, aber es grüßte sie nicht, und, ohne sich nach ihnen umzusehen und ohne sie zu grüßen, stolperte es in die Stube hinein, setzte sich an den Ofen und fing an, sein Butterbrot und seinen Kuchen zu essen. ‹Gib uns etwas davon›, riefen die Kleinen, aber es antwortete: ‹Es reicht mir selber nicht, wie kann ich andern noch davon abgeben?› Als es nun fertig war mit dem Essen, sprachen sie: ‹Da hast du einen Besen, kehr uns draußen vor der Hintertür.› – ‹Ei, kehrt euch selber›, antwortete es, ‹ich bin eure Magd nicht.› Wie es sah, daß sie ihm nichts schenken wollten, ging es zur Türe hinaus. Da sprachen die kleinen Männer untereinander: ‹Was sollen wir ihm schenken, weil es so unartig ist und ein böses neidisches Herz hat, das niemand etwas gönnt?› – Der erste sprach: ‹Ich schenk' ihm, daß es jeden Tag häßlicher wird.› – Der zweite sprach: ‹Ich schenk' ihm, daß ihm bei jedem Wort, das es spricht, eine Kröte aus dem Munde springt.› – Der dritte sprach: ‹Ich schenk' ihm, daß es eines unglücklichen Todes stirbt.› Das Mädchen suchte draußen nach Erdbeeren; als es aber keine fand, ging es verdrießlich nach Haus. Und wie es den Mund auftat und seiner Mutter erzählen wollte, was ihm im Walde begegnet war, da sprang ihm bei jedem Wort eine Kröte aus dem Mund, so daß alle einen Abscheu vor ihm bekamen.

Nun ärgerte sich die Stiefmutter noch viel mehr und dachte nur daran, wie sie der Tochter des Mannes alles Herzeleid antun wollte, deren Schönheit doch alle Tage größer ward. Endlich gab sie dem armen Mädchen eine Axt; damit sollte es auf den gefrorenen Fluß gehen, ein Eisloch hauen und Fische fangen. Es gehorchte, ging hin und hackte ein Loch in das Eis, und als es mitten im Hacken war, kam ein prächtiger Wagen hergefahren, worin der König saß. Der Wagen hielt still, und der König fragte: ‹Mein Kind, wer bist du und was machst du da?› – ‹Ich bin ein armes Mädchen und fange Fische.› Da fühlte der König Mitleiden, und als er sah, wie schön es war, sprach er: ‹Willst du mit mir fahren?› – ‹Ach ja, von Herzen gern›, antwortete es; denn es war froh, daß es der Mutter und Schwester aus den Augen kommen sollte.

Also stieg es in den Wagen und fuhr mit dem König fort, und als sie auf sein Schloß gekommen waren, ward die Hochzeit mit großer Pracht gefeiert, wie es die kleinen Männlein dem Mädchen geschenkt hatten. Über ein Jahr gebar die junge Königin einen Sohn, und als die Stiefmutter von dem großen Glücke gehört hatte, so kam sie mit ihrer Tochter in das Schloß und tat, als wollte sie einen Besuch machen. Als aber der König einmal hinausgegangen und sonst niemand zugegen war, packte das böse Weib die Königin am Kopf, und ihre Tochter packte sie an den Füßen, hoben sie aus dem Bett und warfen sie zum Fenster hinaus in den vorbeifließenden Strom. Darauf legte sich ihre häßliche Tochter ins Bett, und die Alte deckte sie zu bis über den Kopf. Als der König wieder zurückkam und mit seiner Frau sprechen wollte, rief die Alte: ‹Still, still, jetzt geht das nicht, sie ist krank, Ihr müßt sie heute ruhen lassen.›

Der König dachte nichts Böses dabei und kam erst den andern Morgen wieder, und wie er mit seiner Frau sprach, und sie ihm Antwort gab, sprang bei jedem Wort eine Kröte hervor, während sonst ein Goldstück herausgefallen war. Da fragte er, was das wäre, aber die Alte sprach, das hätte sie vom Kranksein gekriegt, und würde sich schon wieder verlieren.

In der Nacht aber sah der Küchenjunge, wie eine Ente angeschwommen kam, die sprach:

‹König, was machst du?
schläfst du, oder wachst du?›

Und als er keine Antwort gab, sprach sie:

‹Was machen meine Gäste?›

Da antwortete der Küchenjunge:

‹Sie schlafen feste.›

Fragte sie weiter:

‹Was macht mein Kindelein?›

Antwortete er:

‹Es schläft in der Wiege fein.›

Da ging sie in der Königin Gestalt hinauf, gab ihm zu trinken, schüttelte ihm sein Bettchen, deckte es zu und schwamm als Ente wieder fort. So kam sie zwei Nächte, in der dritten sprach sie zu dem Küchenjungen: ‹Geh und sage dem König, daß er sein Schwert nimmt und auf der Schwelle dreimal über mir schwingt.› Da lief der Küchenjunge und sagte es dem König, der kam mit seinem Schwert und schwang es dreimal über dem Geist, und beim drittenmal stand seine Gemahlin vor ihm, frisch, lebendig und gesund, wie sie vorher gewesen war.

Nun war der König in großer Freude, er hielt aber die Königin in einer Kammer verborgen bis auf den Sonntag, wo das Kind getauft werden sollte. Und als es getauft war, sprach er: ‹Was gehört einem Menschen, der den andern aus dem Bett trägt und ins Wasser wirft?› – ‹Nichts Besseres›, antwortete die Alte, ‹als daß man den Bösewicht in ein Faß steckt, das mit Nägeln ausgeschlagen ist, und den Berg hinab ins Wasser rollt.› - Da sagte der König: ‹Du hast dein Urteil gesprochen›, ließ ein solches Faß holen und die Alte mit ihrer Tochter hineinstecken; dann ward der Boden zugehämmert und das Faß bergab gekullert, bis es in den Fluß rollte.

Ludwig Bechstein

Vom Knaben, der das Hexen lernen wollte

Es war einmal ein Knabe, der hatte vieles gehört von der Hexenkunst, wollte sie auch gern lernen. Wen er aber darum fragte, der sagte, daß er solche Kunst nicht kenne und nicht könne und auch nichts von ihr wissen wolle. Da ging der Knabe ganz allein in einen dunkeln Wald und rief mehr denn einmal recht laut: ‹Wer lehrt mich das Hexen?› Und da schallte es wie antwortend an mehreren Stellen des tiefen Waldes: ‹Hexen! Hexen!› Und nach einer Weile kam ein uraltes Weiblein durch das Gebüsch gekrochen, das keinen Zahn mehr im Munde und schrecklich rote Augen hatte. Ihr Rücken war gekrümmt, ihr Haar war weiß und hing ihr wild um den Kopf herum und wehte im Winde. Ihre Stimme klang wie die Stimme des Vogels Kreideweiß, wenn er ruft: ‹Komm mit!› und geradeso rief auch das alte Weib dem Knaben zu und winkte ihm zu folgen, sie wolle ihm das Hexen lehren.

Der Knabe folgte ihr, und sie führte ihn immer tiefer in den Wald hinein und zuletzt auf ein sumpfiges Erlenmoor, darauf eine graue, unscheinbare, halbverfallene Waldhütte stand. Die Wände waren von Torfziegeln aufgeführt und mit Moos austapeziert; das Dach war mit Schilf gedeckt. In der Waldhütte war niemand als ein hübsches junges Mädchen, welche Lieschen hieß; die Alte sagte aber nicht, ob es ihre Tochter oder ihre Enkelin sei; außerdem waren nur noch drei große Kröten vorhanden, und über dem niedrigen Herde hing ein Kessel, darinnen eine Brühe kochte. Die Alte setzte eine Kröte vor die Türschwelle, daß sie Wache halte, die zweite Kröte schickte sie auf den Dachboden, daß sie dem Knaben eine Lagerstatt bereite, und die dritte Kröte stellte sie auf den Tisch, daß sie leuchte.

Nun aßen die Alte und das Lieschen aus dem Kessel ihre Abendmahlzeit, und der Knabe sollte auch essen, aber er gruselte sich, denn es kam ihm vor, als ob die Knöchlein Finger und Zehen von Kindern wären. Er klagte, daß er sehr müde sei, und wurde auf sein Strohlager gewiesen, wo er bald mit dem Gedanken einschlief, am andern Morgen werde nun seine Lehrzeit in der Hexenkunst angehen und daß es sehr hübsch sein werde, wenn das kleine Lieschen ihm darin Unterricht geben wolle. Die alte Hexe aber zischelte dem Mädchen zu: ‹Wieder einen gefangen! Ein hübscher Braten, morgen wecke mich recht früh, ehe die Sonne aufgeht, da wollen wir ihn schlachten und, was wir nicht gleich braten, einpökeln.›

Jetzt gingen die beiden auch schlafen, aber Lieschen fand keinen Schlaf, denn es tat ihr sehr leid, da der schöne Knabe sterben sollte, und sie stand von ihrem Lager auf und trat an das seine und sah, wie schön rot seine Wängelein waren und wie blond sein gelocktes Haar und daß seine Augen blau waren wie Vergißmeinnicht, das hatte Lieschen nicht vergessen. Und es graute ihr vor ihr selbst, daß sie gezwungen war, der alten bösen Hexe zu dienen, die sie schon lange, als sie noch ein ganz kleines Kind war, ihren Eltern geraubt und in den tiefen Wald geschleppt hatte und hatte das Hexenwerk lernen müssen, wie man pfeilschnell durch die Luft eilt, wie man sich unsichtbar macht, wie man sich in andere Gestalten verwandelt, und als sich nun Lieschens Herz in voller Zuneigung zu dem Knaben bewegte, so beschloß das Mädchen, ihn, wo möglich, zu erretten. Sie weckte ihn daher ganz leise und flüsterte ihm zu: ‹Lieber Knabe, erhebe dich und folge mir! Hier wartet deiner nur der Tod.›

‹Soll ich denn hier nicht das Hexen lernen?› fragte der Knabe, welcher Friedel hieß.

‹Besser ist dir, wenn du es nimmermehr lernst; außerdem hast du noch Zeit genug dazu›, antwortete Lieschen, ‹jetzt säume nicht – fliehe, und ich will mit dir fliehen.›

‹Mit dir gehe ich gerne, liebes Mädchen›, sprach der Knabe, ‹und bei der häßlichen Alten mit ihren garstigen Kröten möchte ich nicht bleiben.›

‹So komm denn!› sprach Lieschen und öffnete leise das Häuschen und sah nach, ob die Alte schlief; die schlief noch, denn es war noch halb Nacht und lange nicht Morgen.

Jetzt trat Lieschen mit Friedel aus dem Häuschen, und Lieschen spuckte auf die Schwelle, worauf sie beide rasch von dannen eilten. Durch das Öffnen und Wiederschließen der Türe war aber doch ein kleines Geräusch entstanden, und weil alte Leute sehr leise schlafen, so erwachte die Hexe und rief: ‹Lieschen! Stehe auf! Ich glaube, es wird bald Tag.› Da rief der Speichel auf der Schwelle vermittelst eines Hexenzaubers, den Lieschen verübt: ‹Ich bin schon auf! Ruhe nur noch, bis ich das Hüttchen gekehrt und Laub und Holz zum Feuer zusammengelesen habe.› Nun blieb die Alte noch ein Weilchen liegen, während die Fliehenden unaufhaltsam von dannen eilten; jene konnte aber nicht wieder einschlafen und rief abermals:

‹Lieschen, brennt das Feuer?›

Da antwortete abermals der Speichel auf der Schwelle: ‹Es brennt noch nicht, das Laub ist feucht, das Holz raucht. Ruhe noch ein Weilchen, bis ich das Feuer angeblasen habe.›

Die Alte ruhte noch eine kurze Zeit, während die Fliehenden immer mehr sich von ihrer Hütte entfernten. Unterdes ging die Sonne auf, da fuhr die Alte, die ein wenig eingenickt war, mit beiden Beinen zugleich aus dem Bette und schrie: ‹Satanskind! Die Sonne geht auf, und du hast mich nicht geweckt. Wo steckst du?›

Auf diese Frage bekam die Alte keine Antwort, denn die Sonne hatte den Speichel auf der Schwelle getrocknet, und nun fuhr die Hexe im Hause herum wie ein Wirbelwind. Der Knabe war fort, und Lieschen war fort, und die Hütte war nicht gefegt, es lag nicht Laub, nicht Holz auf dem Herde. Die Alte war wütend. Sie ergriff einen Besenstiel und rannte aus dem Hause. Sie schlug mit dem Besen an die Türe, da ward das Häuschen unsichtbar; sie trat auf einen Bovistpilz, da wallte eine Wolke empor; sie setzte sich auf ihren Besenstiel und fuhr als Wolke in die Luft. Da sah sie, nach welcher Richtung die Flüchtlinge flohen, und mit Windeseile flog die Wolke ihnen nach. Lieschen aber sah sich auf der Flucht beständig um, denn sie kannte die Künste der alten Hexe und sprach jetzt zu Friedel: ‹Siehst du dort am hohen Himmel die braune Wolke? Das ist die Hexe, die uns nachfährt; wir können nicht weiter fliehen, sie wird uns bald einholen. Jetzt lasse mich meine Kunst brauchen. Ich will ein Dornstrauch werden und dich als eine Schlehe tragen.›

Plötzlich war Lieschen ein Schlehendorn, der viele Früchte trug und an einer Wiese stand, und die unterste Beere, das war Friedel.

Die Hexe bekam auf ihrer Luftfahrt großen Durst, und als sie den Schlehendornstrauch mit den vielen Früchten sah, sprach sie zu sich selbst: ‹Die Luft ist trocken und zehrt - ich muß mich herablassen und ein paar Schlehen essen.› Dieses tat sie dann und pflückte eine Beere nach der andern und sagte: ‹Sauer macht lustig.› Jetzt waren die Beeren alle verzehrt, bis auf die letzte, welche der Friedel war; und das wußte die schlimme Alte recht gut, sie krallte mehrmals darnach, aber der Dornbusch stach sie tüchtig in ihre langen, dürren Finger. Aber sie kehrte sich nicht daran, sie gab sich rechte Mühe, die in Dornen ganz versteckte letzte Schlehe zu erhaschen, da fiel die Schlehe ab und rollte den Wiesenhang hinab, und da wurde plötzlich der Dornbusch zu einem Wasser und die Beere zu einem kleinen Enterich, alles durch Lieschens Zauberkunst, die sie von der Alten gelernt hatte. Da warf die Alte einen ihrer Pantoffel in die Luft, der wurde alsbald ein großer Raubvogel und stieß auf den Enterich, dieser tauchte schnell unter; und sowie der Raubvogel mit seinem Schnabel das Wasser berührte, schlug dieses eine Welle, die ihn faßte und ersäufte, worauf der Enterich wieder auftauchte. Wütend schleuderte die Alte ihren zweiten Pantoffel in das Wasser, der wurde ein Krokodil und schoß nach dem Enterich hin, ihn zu erschnappen, da flog der Enterich in die Luft und ließ sich an einer andern Stelle wieder in das Wasser nieder; das Wasser aber, welches dem Krokodil in den Rachen drang, wurde zu Stein, da wurde das Krokodil so schwer, daß es untersank.

Jetzt legte sich die alte Hexe platt an den Rand des Wassers, um dasselbe wegzutrinken, denn ohne das Wasser hatte der verzauberte Enterich keinen Boden mehr. So wie er das Land berührte, mußte dieser Enterich die vorige Gestalt wieder annehmen. Nicht lange aber hatte die Alte getrunken, da verwandelte sich das Wasser in ihrem Leibe in Feuer, und da tat es einen Knall, als ob die Hölle platze. Die Hexe war zerplatzt, der Enterich war wieder der schöne Knabe, das Feuer wurde zum Lieschen, und dann blieben beide miteinander treu verbunden. Wie der Knabe das Lieschen fragte, ob es ihn das Hexen lehren wollte, lachte Lieschen und sagte: ‹Du kannst es ja schon, du hast ja mich behext.›

Gebrüder Grimm

Simeliberg

Es waren zwei Brüder, einer war reich, der andere arm. Der Reiche aber gab dem Armen nichts, und er mußte sich vom Kornhandel kümmerlich ernähren; da ging es ihm oft so schlecht, daß er für seine Frau und Kinder kein Brot hatte. Einmal fuhr er mit seinem Karren durch den Wald, da erblickte er zur Seite einen großen kahlen Berg, und weil er den noch nie gesehen hatte, hielt er still und betrachtete ihn mit Verwunderung. Wie er so stand, sah er zwölf wilde große Männer daherkommen: weil er nun glaubte, das wären Räuber, schob er seinen Karren ins Gebüsch und stieg auf einen Baum und wartete, was da geschehen würde. Die zwölf Männer gingen aber vor den Berg und riefen: ‹Berg Semsi, Berg Semsi, tu dich auf.› Alsbald tat sich der kahle Berg in der Mitte voneinander, und die zwölfe gingen hinein, und wie sie drin waren, schloß er sich zu. Über eine kleine Weile aber tat er sich wieder auf, und die Männer kamen heraus und trugen schwere Säcke auf den Rücken, und wie sie alle wieder am Tageslicht waren, sprachen sie: ‹Berg Semsi, Berg Semsi, tu dich zu.› Da fuhr der Berg zusammen, und war kein Eingang mehr an ihm zu sehen, und die zwölfe gingen fort. Als sie ihm nun ganz aus den Augen waren, stieg der Arme vom Baum herunter und war neugierig, was wohl im Berge Heimliches verborgen wäre. Also ging er davor und sprach: ‹Berg Semsi, Berg Semsi, tu dich auf›, und der Berg tat sich auch vor ihm auf. Da trat er hinein, und der ganze Berg war eine Höhle voll Silber und Gold, und hinten lagen große Haufen Perlen und blitzende Edelsteine wie Korn aufgeschüttet. Der Arme wußte gar nicht, was er anfangen sollte, und ob er sich etwas von den Schätzen nehmen dürfte; endlich füllte er sich die Taschen mit Gold, die Perlen und Edelsteine aber ließ er liegen. Als er wieder herauskam, sprach er gleichfalls: ‹Berg Semsi, Berg Semsi, tu dich zu›, da schloß sich der Berg, und er fuhr mit seinem Karren nach Haus. Nun brauchte er nicht mehr zu sorgen und konnte mit seinem Golde für Frau und Kind Brot und auch Wein dazu kaufen, lebte fröhlich und redlich, gab den Armen und tat jedermann Gutes. Als aber das Geld zu Ende war, ging er zu seinem Bruder, lieh einen Scheffel (ein Meßgerät) und holte sich von neuem; doch rührte er von den großen Schätzen nichts an. Wie er sich zum drittenmal etwas holen wollte, borgte er bei seinem Bruder abermals den Scheffel. Der Reiche aber war schon lange neidisch über sein Vermögen und den schönen Haushalt, den er sich eingerichtet hatte, und konnte nicht begreifen, woher der Reichtum käme, und was sein Bruder mit dem Scheffel anfinge. Da dachte er eine List aus und bestrich den Boden mit Pech, und wie er das Maß zurückbekam, so war ein Goldstück darin hängen geblieben. Alsbald ging er zu seinem Bruder und fragte ihn: ‹Was hast du mit dem Scheffel gemessen?› ‹Korn und Gerste›, sagte der andere. Da zeigte er ihm das Goldstück und drohte ihm, wenn er nicht die Wahrheit sagte, so wollt' er ihn beim Gericht verklagen. Er erzählte ihm nun alles, wie es zugegangen war. Der Reiche aber ließ gleich einen Wagen anspannen, fuhr hinaus, wollte die Gelegenheit besser benutzen und ganz andere Schätze mitbringen. Wie er vor den Berg kam, rief er: ‹Berg Semsi, Berg Semsi, tu dich auf.› Der Berg tat sich auf, und er ging hinein. Da lagen die Reichtümer alle vor ihm, und er wußte lange nicht, was er am ersten greifen sollte, endlich lud er Edelsteine auf, soviel er tragen konnte. Er wollte seine Last hinausbringen, weil aber Herz und Sinn ganz voll von den Schätzen waren, hatte er darüber den Namen des Berges vergessen und rief: ‹Berg Simeli, Berg Simeli, tu dich auf.› Aber das war der rechte Name nicht, und der Berg regte sich nicht und blieb verschlossen. Da ward ihm angst, aber je länger er nachsann, desto mehr verwirrten sich seine Gedanken, und es halfen ihm alle Schätze nichts mehr. Am Abend tat sich der Berg auf, und die zwölf Räuber kamen herein, und als sie ihn sahen, lachten sie und riefen: ‹Vogel, haben wir dich endlich, meinst du, wir hätten's nicht gemerkt, daß du dreimal hereingekommen bist? Aber wir konnten dich nicht fangen, zum vierten Mal sollst du nicht wieder heraus.› Da rief er: ‹Ich war's nicht, mein Bruder war's›, aber er mochte bitten um sein Leben und sagen, was er wollte, sie schlugen ihm das Haupt ab.

INHALT

Gebrüder Grimm	*Jorinde und Joringel* 5
Gebrüder Grimm	*Rotkäppchen* 8
Gebrüder Grimm	*Der starke Hans* 14
1001 Nacht	*Geschichte vom Jäger* 22
Gebrüder Grimm	*Der Räuberbräutigam* 24
Gebrüder Grimm	*Fitchers Vogel* 30
Charles Perrault	*Die Fee* 35
Gebrüder Grimm	*Die sechs Schwäne* 39
Gebrüder Grimm	*Die Bremer Stadtmusikanten* 46
Ludwig Bechstein	*Die Hexe und die Königskinder* 51
Gebrüder Grimm	*Die Alte im Wald* 57
Charles Perrault	*Die schlafende Schöne* 60
Gebrüder Grimm	*Der singende Knochen* 73
Gebrüder Grimm	*Fundevogel* 76
Gebrüder Grimm	*Die drei Männlein im Walde* 80
Ludwig Bechstein	*Vom Knaben, der das Hexen lernen wollte* 87
Gebrüder Grimm	*Simeliberg* 92

Sonderausgabe für Weltbild Verlag, Augsburg
Gestaltung: Friederike Pondelik und Hans-Joachim Schauß
Lektorat: Eva Girke-Labonté
Printed in Italy

ISBN: 3-89604-480-x